Mainá

Karina Buhr

Mainá

todavia

*Uma criança velha, gosto pela lama, monto uma casa de tijolos moles com temperos do quintal*

Jardim  9
Tesoura na cabeceira  10
Toró  15
Estação  17
Paisagem  22
Meia-volta, volver  25
Argélia  30
Portão  34
Banco de piano  39
Mesa de jantar  42
É lua ou pesadelo?  46
Gigante Cabeça de Lanternas  47
Lanceiros  51
Carne de charque  54
Casamento  56
Festa cigana  58
Guarda-roupa  60
Facão  62
Roupa dos mortos  64
Maternidade Santo Almoço  66
Elixir de formiga  69

Vassoura e ladrilho  72
Circo do fogo  74
O Carro  78
O vulcão  81
Parada de ônibus  82
De paraquedas  84
Dona Militana  87
A rua errada  91
Luta livre  95
Todo dia ela nasce de novo  97
Quantas horas?  102
Lá fora  106
Mirlínia  108
Desdita  110
Pilha do relógio  115
Desvios  117
Banho de mar  119
Depois da morte  123
O navio  125
Derradeira  126

Agradecimentos  133

# Jardim

Balança a Rede, por João do Pife e seu irmão, Severino Alfredo, toca baixo em alguma radiola. Música de tempo, taboca e zabumba. Mainá brinca no jardim de casa, embaixo de flores maiores que ela, cada caule é da grossura do corpo da menina, chove forte, banho bom.

— Sai da chuva, Mainá!
— Já vou!

O aguador da mãe é gigante, a chuva meio morna vem dali, e da boca materna o "sai da chuva!".

Não importa mais, já passou e agora, na frente do ventilador, me seco até esturricar.

Pulando, secando e pensando.

Nos entrepulos, suspensa em cada intervalo, sinto o vento bater enquanto corrói os minutos.

O tempo acaba enquanto conto.

Um, dois, três pulos.

Colar bonito de minha mãe pro meu pescoço, tem que usar com cuidado, muitas recomendações e quanto mais delas, é que o trancelim vai quebrar, sumir, eu perder.

# Tesoura na cabeceira

Mainá, faz tempo que eu quero te perguntar um negócio. Deságua, mãe.

Essa feitiçaria que você faz com as pedras no sol e depois com bilhete em cima, bilhete embaixo de copo d'água, já entendi que é pra passar as energias das coisas escritas pra pedra e pra água, que a água tem memória, que a memória dela é melhor que a nossa, que ajuda a organizar o que vem na frente, que facilita, transmuta, que as pedras trazem benefícios extraordinários e infinitos, uma é pro dinheiro, outra pra cólica e a da cólica sempre funciona mais que a do dinheiro. Mas, por que raio da tempestade a tesoura na cabeceira da cama? Mainha de deus, que ideia!

A ideia não foi minha, eu só observo. Todo dia você vai dormir com a luz acesa, eu venho apagar e lá está a tesoura cintilando junto da sua cabeça. Precisa rir de mim não, basta explicar, não tem como não notar a tesoura do seu lado enquanto você dorme, um dia e no outro de novo. A agonia que isso me dá! Vendo a hora bater com o braço e ela cair em cima de você. Bate na madeira. Pelo menos deixe fechada, que eu já ouvi dizer que tesoura largada aberta corta o que vem de bom.

Mulher, é pra cortar os papeizinhos, não faço um ritual com tesoura não! E aí ela está lá sempre porque sempre faço, não é quando eu durmo. E eu não me bato tanto dormindo pra tesoura acabar em cima de mim, isso é muito roteiro de mãe. Não posso dizer que te entendo, mas sou solidária. Não sei mais de nada do que é normal ou doidice, qualquer coisa pode acontecer nesta casa. Ainda bem que eu acredito em tudo, bem que seu pai diz.

Melhor acreditar em tudo do que em nada, feito ele, mãe.

Talvez. Vou ver se tem janta, que, se eu não fizer, ninguém faz e passam a vida comendo de anteontem, aquele azedume.

Para de enxame, minha gente, barulho demais, meu pai vai acordar! Pra que tanta alegria?

Vai acordar não, irmão, já acabou a risadagem.

Irmã, você sonhou com alguma coisa especial de ontem pra hoje? Ouvi um som de mar, mas claro que não era mar, que não dá pra ouvir ele daqui, pelo menos eu nunca ouvi. Era alguém se comunicando com esse som, como se fosse um idioma, fazendo com a boca, e acho que vinha do seu quarto. Fiquei com medo de ir lá e deixei passar.

Sonhei. Ficou com medo e me deixou lá sozinha? Bom saber. Som de mar? Eu não sei fazer som de mar. Poxa, queria ter ouvido de fora, da próxima vez esquece o medo e pelo menos grava o som pra mim? Eu tinha esquecido, mas agora o sonho vem vindo. Eu estava numa água imensa, de novo, sempre sonho com esse lugar, um mar escuro, eu em pé, mas sem os pés no chão, boiando na vertical, acordei com calor, não sei se era torrando do sol quente, ou se pelo banho-maria no morno demasiado tempo.

Tinha a imagem de uma mulher, um holograma ou então era um espírito, com um cabelo magnífico e parecido com um planeta, tranças enormes entre a parte de baixo solta, crespa e brilhante, muito bonito mesmo, meio derretido nas pontas, umas bolhas cheias de listras pequenas coloridas, feito tinta a óleo na água, uma afastando a outra, mas muito se atraindo, feito bolinhas de mercúrio, as esferas refletindo como pequenos asteroides, cores amontoadas fazendo um caldo grosso ao lado daqueles espaços com tinta quase nenhuma, só uma lembrança de cor, e de repente, bem nítidas, umas montanhas em miniatura na parte de cima, um ori com pedras preciosas ao redor, uma cordilheira no ponto mais alto e uns pigmentos acumulados, já secos, em cima, feito umas poças fundas remexidas por dentro, parecendo fervura, a imagem congelada de uma fervura.

A mulher de holograma falou que tudo estava acontecendo e continuaria no mesmo lugar, que nada para nunca e que, da próxima vez que eu estivesse boiando, com a água cobrindo metade dos ouvidos e só o som principal ficasse, eu ia lembrar desse sonho e ia entender o nó do tempo, e que todas as coisas se encaixavam continuamente, que isso de morte e final era só drama. Ela fazia um movimento com as mãos abrindo os braços rentes na água e fechando cruzados no meio do peito, feito abraço, como se nunca mais tivesse tido abraço, era como uma dança, e dos dedos saíam umas luzes pequenas no lugar das unhas, as gotas que caíam de volta na água eram pesadas e deixavam um rastro prateado. Era fundo, alto-mar onde ela estava, mas era que nem as crianças brincando na leveza da beira, correndo na palhaçada e deixando pra trás uma poeira líquida. As águas ficando em pé, subindo no ar, feito chafarizes petrificados, esculturas de gelo nas retaguardas mirins. Onde os pés batiam, a água subia em formato de novas crianças, em cada espaço entre o menino da frente e o próximo se elevavam aqueles pequenos seres de água. E na carreira que elas continuavam, a que corria atrás entrava na água subida na frente dela, criança de carne dentro da criança de água, nas pegadas da criança da frente, com formato igual ao dela, viravam uma coisa só, os pés pequenos molhados, dedinhos enfiados na areia brilhante, encharcada e dura, maré vazante, e aí era o preto dos pés, o marrom, transparente e azul, depois verde e outra criança por cima.

Era feito essa praia aqui perto, pedras emoldurando tudo. Essas rochas aparecem em outros sonhos, muda o doce ou salgado do líquido onde elas estão mergulhadas, mas são as mesmas, minhas velhas conhecidas, eu poderia até botar nomes nelas, Pedra Maria, Pedra Maya, Pedra D'Água. Dessa vez tinha um pescador sentado. Não sei se era pescador.

É, por que você falou que ele é pescador, se não viu ele pescando?

Não sei. Aquela podia ser justamente a hora em que ele não estava pescando, pausa do ofício, não tinha vara, nem tarrafa, nem samburá do lado dele. Mas se não fosse um pescador, o que ele estaria fazendo ali àquela hora? Se fosse só um homem sozinho qualquer, sentado numa pedra e olhando pro mar, ele poderia ser o quê?

Um homem triste podia ser.

Não sei se os homens tristes saem de casa pra sentar na pedra e olhar pro mar. A pedra cheia de limo, um homem triste ia se desequilibrar, não ia ficar tranquilo e sentado. Pode até ser uma boa ideia pra eles, os que tiverem um mar, uma lagoa por perto, ficarem olhando reflexo de lua e contemplando, mas não sei se isso existe. Se um conselho ele me pedisse, eu diria que era melhor o homem triste ir desabafar com algum amigo.

Ele olhou pra mim, senti sem saber direito, eu não via o rosto, era só um contorno e a pedra embaixo dele parecia reagir à presença, era como se desenhada pra ele, a medida toda calculada, preparada pra receber o peso do corpo dele em cima, tudo combinava nas formas e na reação, as gramaturas das superfícies, uma simbiose. Acho que ele era do mesmo material de que ela era feita, um homem de pedra, não um homem sem alegria. Pedra já foi fogo, é justiça, decisão, pode ser obstáculo e virar fortaleza depois, é só entender a maleabilidade dela e dançar junto. Pode ser um dançarino.

Maleabilidade da pedra, Mainá?

Sim, irmão, ela já foi lava, o tempo que ela fica ali dura é transformação permanente, caem pedaços dela virando areia, os líquidos vão tanto batendo até que furando, isso aí não sou eu que digo, vem pelos tempos, é de sabedoria misturada, ancestral, a gente vai pescando as pedras e elas grudando na gente, que nem aquele marisco, que nem o vento do deserto, com as partículas de areia ou até tempestade de bilhões de grãos, que nem o homem sentado e, quando aparece uma oportunidade, dá pra passar adiante, formando uma liga, cada um que fala e passa, cada um que passa e recebe, recebe e guarda, pra cozinhar a ideia e repassar pro próximo um formato de frase ou colher de comida, música tocada ou um conselho batido. São tantas formas. A corda que vai ligando uma pessoa à outra, uma pessoa à outra, bordando as estilhas, e isso são as pessoas fazendo sentido, transmissão perene, o que não vai toda vez nascer do zero. Por isso a gente sonha e tanta gente aparece no enredo, rosto que a gente nunca nem viu, uns tão guardados que ficam por lá mesmo, a gente nunca verbaliza, outros acabam não se aguentando e aparecendo em forma de personagem em alguma passagem músculo e osso da vida aqui fora, que a gente reconhece e, engraçado, acho que te conheço de outro lugar.

 Danou-se, foi longe.

 Se minha profissão não fosse essa, sua reclamação seria aceita, irmão.

 Não é reclamação, não, é que eu estou meio raso hoje pra tanta divagação, ainda mais dessas tipo as suas, que vão indo, indo, virando outra, encaixando na que vem com o pensamento seguinte e não para, não para, é sem fim. É cansativo às vezes, desconfio que pra você mais ainda. No fim de tudo, na raspa do finalmente, pode ser até que eu concorde, mas penso nisso outra hora. Diferente do cara da pedra, eu sou sim um homem triste.

 Filha, você está falando sozinha?

 Não, mãe, estou conversando com irmão.

 Mas ele não está em casa, acabei de falar com ele na casa de Mariinha!

# Toró

Toró brabo de novo, não enxergo nada. De vez em quando passa correndo lá no fundo um trambolho portentoso, de um lado pro outro, blindado, estridente, como se nervos trincassem a pele de ferro, dando choque, um tanque como um monstro de guerra. Ou um elefante selvagem. Na frente tem um movimento apressado parecendo teatro de sombras de um povo batalhando, talvez murro, rasteira, revólver.

— Mariano, por acaso você tem alguma coisa que possa servir de arma aí?

— Tem uma espingarda velha, Mainá, que eu deveria usar, mas nunca.

— Deveria nada! Não tem que levar arma pra nenhum lugar, se você leva e não usa, na volta parece que desperdiçou, ela fica ali pedindo pra ser usada, e é bem nessa hora que o desfecho muda, de reflexo intempestivo, que nunca é, pois na hora de levar a arma já se contava com um número pra usar, muda veloz pra berreiro e não dá mais tempo de consertar.

— Pega aquela flecha e vai, chegando perto você descobre como fazer, daqui de dentro nem dá pra ver direito que perigo é, se é que é perigo, nem isso a gente sabe!

— Não sei atirar, essa flecha precisa de um arco que não tem aqui, mas, mesmo se tivesse, é ciência que eu não domino.

— Está bem, mas leva sim, vai que precisa, você não tem a obrigação de usar, pode ser sua proteção, lembra de quem trouxe? Você não vai lembrar, era muito pequena, mas tenha certeza de que quem deixou vai querer que você se proteja.

— Me dê por favor duas unidades dessa sua explosão criativa, que me destina uma sabedoria suprema, em versão de segurança pessoal, moço. Mas olha, qualquer coisa, se não der tempo de fazer o efeito da reza, eu posso flechar aquela nuvem mais pesada de todas, a subgrave ali, flutuando baixa, a que está quase despencando o céu inteiro. Ela sabe que tem que lavar tudo nessa antessala sangrenta. É ela a dona do ao redor; se fura, ela desaba de vez, não fica essa homeopatia de fim do mundo, bota pra resolver, encerra com um grande espetáculo, nada de timidez de garoa.

— Menina, desadormece esse marasmo, deixa de ser molenga, sai do modo medrosa, essa roupa não é sua, e pula para a próxima cena, daremos um jeito de manter todos vivos.

— Está bem, mas vê mesmo, se olhar fixo pro lado de cá do céu, aquilo ali no fundo, lá embaixo, depois do elefante blindado, parece um sol. É um sol todinho, eu só sei que não é um sol porque não tem como, nessa chuva.

— E nem nessa noite, né?

— Sim. Mas parecia exatamente isto, um sol de noite e com chuva. Não está mais lá! Vareei.

— É, parecia, eu vi também. Apareceu pra nós dois, bem aqui, na frente de casa, mas bola de fogo nenhuma resiste a essa baciada despencada do céu, e eu acho que você devia agir em vez de ficar misturando ideia e procurando explicações pra nós dois termos visto juntos. A natureza é cheia de coisa, a gente só viu uma, não tem nada demais. Vai lá, pra voltar logo, e descobre, pelo amor das deusas, por que de elefante, brigas e luzes estranhas daquele lado.

— Sim, senhor, vou correndo abaixada pra molhar menos. Se eu não voltar, avisa que eu morri feliz!

# Estação

Depois do aguaceiro, um dia nublado, sem um único raio de sol forte pra refletir nos trilhos e queimar minha visão de longo alcance. Cancelada eu de lince, nada pra fazer meus olhos arderem até dar aquela parada doída em qualquer sombra, aquele começo de ansiedade mal acobertada, a pessoa dividida entre a imagem dela, o que ela sabe dela, e ela de fato, o que os outros percebem, tudo ao mesmo pânico, reparto como ninguém, não preciso guardar, ele camuflado demais serve pra gerar cálculos estranhos e frequentes sobre suas reações, ciclo em curva infinda, repare se não é assim no seu entorno. Mas um olhar encandeado amanhecente resolve tudo.

Faz nem frio nem calor agora, manhã medíocre, presságio de muitos nadas. Pelo visto, não vai ser hoje que encontro os soldados. Quando a gente não quer, eles aparecem fazendo mil perguntas, vigiam, anotam tudo, querendo que a gente se lembre de coisa impossível de lembrar, de tanto tempo que faz e aí a gente acaba mentindo, pra se livrar, e às vezes vai até parar na diretoria, quando acontece na escola, da mentira que deu pra se explicar, falando que faz tanto tempo que chega se confundiu no enredo. Confusões que nunca entendemos como começaram, esse parece ser o melhor resumo do que a gente faz enquanto vive, naquele tempo todinho que acontece antes do grande espetáculo final, aquela hora em que somos realmente sós, nós e nossa existência acabada, nosso algum sentido, pela primeira vez longe de qualquer noção moral, mesmo que depois de julgamento forte.

Injustiça, assassinato, vingança, nada disso entra na conta do fim principal, qualquer dos acessórios vem antes dessa partícula de tempo que separa o ser vivente do contato último com essa coisa que bole, anseia e corre, a fronteira entre tudo o que houve e a derradeira presença nossa. A diferença que faremos ou não nos minutos seguintes de alguém, as ações arrependidas, forçadas, passam como filme antigo, mesmo tendo sido logo ali, mas é isso, os fazedores de coisas só cumprem ordens dos criadores de argumentos.

Quando os soldados aparecem, alguma coisa de valor acontece e são muitos questionamentos, eu não os perdoo quase nunca e eles me fazem interrogatórios sempre, em qualquer lugar, aqui mesmo, nessa estação central, independente da lotação. E é isso e é aquilo e aquilo outro. Muitas vezes, acabo perdendo a aula. Essa é a parte boa.

Mas hoje eu necessitava demais deles, muito sinceramente. Eu precisava tanto encontrá-los! Tanto, mas tanto! Quando chegarem, se chegarem, eu vou dizer isto em voz alta, que sim, preciso deles também, somos uma equipe. Eles se movendo são o funcionamento dos órgãos de um corpo, as peças minúsculas de um motor, miríades de verbos inspirados, risadas garantidas. Dois. Devem ser ajudantes de alguma força coletiva que observa, supervisiona, avalia o que desconfiamos ser o acaso. Nem eu mesma imagino o quanto por certo preciso encontrá-los porque, a depender do que faço nas linhas das próximas cenas, pode ser tragédia ou só um percalço, coisa pouca, quase nada. Venham, soldados! Venham!

É, soldado não tem pra hoje, guarda de trânsito, guarda real também não, mas tem guarda-volumes e guarda vida dos outros, vide minha vizinha de plataforma, que não para um segundo de olhar praquele padre. Não é padre, esqueci o nome, acho que é peregrino. Peregrino não tem nada a ver com roupa, Mainá de deus, peregrino é quem anda pra sempre, a roupa pode ser qualquer uma!

É hare krishna, o bendito! Eu sabia que eu sabia! Eita, a mulher olhou tanto que agora ele está indo pra junto dela. Prevejo confusão, a cara que ela fazia, há um tempão, olhando pra ele. Mas pode ser só minha cabeça desesperada por algum evento.

Mas vejam só quem vem lá! A dupla de dois mais aguardada entre todas as linhas de trem e das mãos. Foram por um trilho e voltaram por cima dele mesmo, apagando as pegadas, as rodadas do ferro redondo no ferro estirado e compridíssimo, que a pessoa pra voltar dessa forma demora mais que um dia inteiro!

Pra você que achou meu caderno no chão da estação, explico. Eu me chamo Mainá. É o nome de um pássaro asiático, grande imitador dos sons de outras aves e da fala humana e também tem a ver com mênade, na língua dos gregos.

Minha mãe gosta de letras, de entender das construções dos idiomas, fábulas, mitologias de civilizações antigas, espetáculos de música e as criações dos teatros. Tudo o que acha bonito das coisas de antes ela vai escavar até chegar junto, botando nome em planta e bicho e até em filhos, artefatos dos orientes, ocidentes, toda parte e tome-lhe esfinge pra decifrar, história pra moer e banquetes. É tradição se admirarem em como ela viaja sem tirar os pés do chão da mesma cidade a vida inteira e, é verdade, ela nunca saiu daqui. Toda viagem que fez foi pelos livros, pela música e pelo que as pessoas contam. Ela pode escrever laudas sem fim sobre um país inventado, misturar tudo e criar esse canto onde só tenha o que ela ache melhor de cada lugar, misturando as quantidades, feito bolo mesmo.

As guerras interessam a ela saber pra defender os lados que escolhe, mas acha tudo estúpido, sangria por vaidade. Conhece bem as máscaras de luta, observa sempre as janelas e cortinas das casas, os pontos de equilíbrio dos passos das danças. Pra ela são tesouros as impostações das vozes, tipos de tambor, figurinos, a disposição das plateias nas arquibancadas, em chãos de barro pisado embaixo de festas, onde bailados de peso prensam, até achatar na medida certa o piso e o som mudar, dá pra saber com os próprios pés que amassaram. É conhecedora das folhas e sementes, faz fios de contas, chama os fenômenos da natureza por nomes próprios e diz que eles são movimento.

No meio disso, veio esse meu nome. Ela nunca me explicou, só confirmou, eu que procurei. Pode ser que tenha sido só porque ela gostou, ou algum sentido mágico, uma lembrança de alguém, de algum lugar que ela visitou nas prosas que ouviu.

É um nome bom de ter, só na chamada da escola é que precisa esperar um pouco. Mas pelo menos vem antes de todas as Marias, Marianas e Marinas, dá tempo de pegar o último ônibus antes de lotar e antes de acabar o almoço de dona minha avó, pense num almoço bom!

Mas você que achou meu caderno, essa foto marcando a página você pode rasgar, com certeza já me arrependi a essa altura. Mas rasgue bem rasgado. Ou queime bem queimado.

Cheguei ontem tarde da noite, ou hoje cedo, na estação. Ainda depois de todas essas horas não posso dizer que passei frio nem calor porque o tempo está meio normal, então infelizmente drama não posso fazer, é uma pena, mas posso reclamar um pouco da espera, sim, e principalmente do suspense que esses dois montaram, me botando pra aguardar dia e meio por eles.

Eles são soldados que dançam. Eu reclamo deles e eles de mim, mas é só nosso idioma mesmo, não precisa se assustar. Eles são incríveis, eu disfarço pra não facilitar demais a vida, porque vim sem esse dispositivo.

Um dança em pé, outro faz dancinha de chão, falo dancinha mas é dançona, daquela bem joelho e braço, bem força e grito. Esse é Hermoso. O soldado dois é irmão dele e o nome é Etrusco. Ele me mata se souber que falei dele como o soldado dois, mas sempre revezo quem apresento primeiro. E, de todo jeito, são dois, um vai ser o primeiro, está na matemática, quem a inventou fez assim.

Falo que eles são irmãos, mas nem tenho certeza. Eles não são muito parecidos, mas isso não tem nada a ver, eu também pareço com irmãos que eu nem tenho e sou completamente diferente do meu irmão. Parecer é confortável demais pra mim, Mainazinha, que não consigo escolher o conforto nas situações, só as curvas tortuosas, mesmo quando são divertidas. Está escrito, sempre foi assim.

Etrusco e Hermoso são meus amigos, apesar de soldados. São como São Jorge, só que dois. Eles me avisam de acontecimentos inesperados, mudanças de trajeto, criaturas que se aproximam, lembretes de rezas e até de remédios. E eles também sabem muitas músicas, cantam toda vez que têm um aviso pra dar, pode ser que seja pra eu me preparar, ou pra fugir, feito naquelas histórias de cavalos, bandeiras e honras. Eles são muito bonitos. Os nomes deles não são comuns, nunca perguntei quem deu e nem como se encontraram caso não sejam irmãos, porquê, né? Podia ser Jonas e Maciel, ou pelo menos Etrusco e André, ou Hermoso e João. Será que quem inscreveu a gente nessa gincana diária e escreveu nosso nome na história, pra sermos três e não um ou dois fechado, foi a mesma pessoa?

# Paisagem

Um final de tarde qualquer, tudo normal, Etrusco e Hermoso passeiam de bicicleta por um cenário comum, de sempre, coisas ordinárias, esse componente fundamental.

— Todo dia a ponte sem luz, todo santo dia, Hermoso! Essas árvores! Parece coisa de fantasma, só tem a sombra, um verde-escuro não tem, nem claro, nem mais ou menos, nem folha seca amarelada, nem folha preta, nem folha seca marrom, nada colorido, só o contorno, dá calafrio!

— Marcha, soldado! Vai falar e aí para. Tem que falar marchando!

— Sim, senhor, estou tentando. Os reflexos todo dia são os mesmos, acho que não é real, a gente deve ter morrido e isso é uma foto que deus deixou fixa pra gente achar que é ponte, que é rio, mas é só morte mesmo.

— Eita que ele está falando igualzinho a Mainá!

— E você, que só reclama?

— Mas você só me dá motivo!

Oi, Dois! Fiquei com impressão de ter ouvido meu nome das boquinhas bonitas de vocês.

— Danou-se, Mainá, a gente não pode falar uma vez no seu nome sem você aparecer. Não morre mais!

Depois sou eu que só falo de morte. Vamos parar de conversar e concentrar?

— Concentrar em quê?

Não sei. Pensei em sair pra respirar a paisagem, vim andar na beira do rio porque fico com saudade das luzes acesas do outro lado, quando a banda de cá escurece. Parece um filme.

— Mas todo dia acontece o mesmo, como dá tempo de você ter saudade?

São muitas horas de sol, acabo esperando sempre esse momento aqui. Vamos fazer silêncio? Muita respiração, queria conseguir parar ela, coordenar o ar quando entra, um, dois, três, girar a chave do controle que eu não tenho fora, fazer a asma virar num sono profundo, até que se esqueça de mim, sua vítima exatamente nas horas de decisões difíceis. Ela devia combinar comigo, mesmo eu captando a vinda dela quando ainda é inofensiva, não consigo agir a tempo, segurar os efeitos de alguma forma, me resta esperar que tenha vontade de ir embora.

Queria que quando fechasse o olho não ficasse vendo o escuro lá dentro, a bolota do olho, o globinho dele meio aceso, a pálpebra parecendo cortina. Eu sei que a pálpebra é cortina, que as pestanas são os fios de linha que ficam pendurados, mas o certo é, quando ela se fecha, eu não ver nada, e não meu olho ficar vendo o verso do pano.

— Você vê seu olho por dentro?

Às vezes. Essa semana inteira foi isso. Depois eu esqueço e aí só durmo pesado mesmo. Mas sempre que essa coisa volta fico querendo controlar a bola do olho, o ar que vai pra dentro do pulmão, tirar a poluição dele, deixar mais leve e devolver puro e fresco.

— Mas é só um vento, menina!

Ô Dois, por que vocês sempre levam tudo ao pé da letra?

— A gente? Você acabou de dizer esse negócio aí, que vê o olho por dentro, tem mais pé de letra do que, em vez de dormir, ficar olhando o olho por dentro quando ele fecha?

— E controlar o ar que entra no pulmão? Faça-me o favor, que filmes são esses que você está assistindo?

O filme da minha vida, bem-vindos de volta à sessão da tarde, a essa comédia triste. Agora eu vou pra esquerda e já sei que vocês viram pro lado de lá.

— Errou, hoje a gente vai pro cinema, que é bem aí pro seu lado mesmo.

— Cinema? Tá certo, só cuidado com o que vão assistir, pra não voltarem vendo o olho por dentro.

# Meia-volta, volver

Não comam pipoca, tem gente que não gosta do som, quem gosta, paciência, come em casa, salgada ou com calda de caramelo, cuidado com incêndio, portas corta-fogo estão à sua direita e esquerda, desliguem os aparelhos, respeitem os outros, limpem os sapatos, não cuspam, não comentem.

Na tela, uma mulher velha e grávida se dirige diretamente a Mainá. Ninguém tem a menor ideia de como Mainá apareceu sentada nessa sala, não ia pra casa? A mulher na tela não era o filme ainda, era algum recado pra ela. Não se sabe de onde vem essa mulher nem como se materializou em forma de recado num trailer de filme.

— Folhas amarelando, ar duro, bem próximo. Somos do bom-dia, pesar de todos os outros dias. Vai, joga essa arma lá de cima e tenta não ferir as crianças. Mas faz sem medo porque elas só são crianças hoje e amanhã, depois farão o mesmo que você. No fim do ano você chora e fica tudo muito bem antes de voltar a piorar. Depois seu filho vai pedir pra crescer, você não vai permitir, e depois ele vai querer ser minúsculo assim e você vai fazê-lo crescer. Crescer, crescer e crescer, até não existir mais, de tão pequeno que se tornará. Sim, esse seria um pesadelo possível, não é realidade, mas recados para o que real existir de mais sortudo.

Uns vão trabalhar e ganhar uns papéis, construir casas e outras, pagar impostos e outros. Eu posso fazer isso comigo?

Lotear pedaços dentro de mim, pra equilibrar melhor o peso, dividir minhas histórias com quem precisar. Balancear, transferir efeitos de alimentos bons de uma parte pra outra. Deixar só uma praça no meio, onde guardaria a origem, conservaria o que fosse bom, a parte que eu via sozinha. Um lugar só de vida, já que vivemos num lugar só de tempo, e só andar, sem forçar acelerar nem aumentar distâncias, correr no vento forte, enquanto houver tempo pra isso.

Olhe pra mim, que já tenho meu filho quase no colo pra ninar. Quero dar de mamar, mas preciso esperar o prazo, saber se terei leite, se ele vai gostar, se eu vou gostar. Ele nasce nesse mundo conectado com outros e esse é o motivo que ele tem pra vir e eu, pra permanecer. Meu filho chegou como se estivesse dentro de uma estrela passando rápido, com um rabo de fogo aceso na ponta, que me aquece e indica a direção.

— Tá medonho, a senhora é mãe de Jesus?

— Não. Um dia você vai entender, criança.

— Voltou por quê? — pergunta Hermoso pra Mainá. — Deixou dinheiro com a gente?

— Não, eu tenho uma dúvida eterna desde pequena, queria elucidar. Mas não precisa mais ser agora, estou mareada, preciso sentar na calçada, não entendi nada do que essa mulher falou, nem por que ela veio falar, nem por que eu vim ouvir, era melhor eu ter aberto a porta de casa, entrado e feito uma torta pra comer sozinha.

— Não foi combinado? — Etrusco pergunta. — Achei que tinha sido algum truque de mágica, dessas coisas que você aprendeu no circo e faz de vez em quando pra deixar a gente besta.

— Não, menino! Que mágica o quê!

— Então como é que você se aboletou aqui do lado e a gente nem viu?

— Porque vocês estavam concentrados, não sei nem como, aquele filme parecendo propaganda, piano da primeira à última cena, trilhoso até não dar mais. E olhe que eu gosto de piano, mas às vezes você vê mesmo que a pessoa não sabe como costurar duas cenas, aí taca um piano. É isso e o povo carregando mala vazia, duas coisas pra me irritar em filme.

— Eu gosto de filme trilhoso, vou até adotar essa palavra pra falar de que tipo de filme eu prefiro. Mas, vê mesmo, voltando pro assunto, você chegou antes do começo, depois que a gente se concentrou, ou paralisou, com aquela mulher falando com você, lá de dentro da tela, na maior naturalidade, ela e você na comunicação estranha.

— Minha gente, eu não estava com naturalidade, estava amortecida! Antes desse troço doido estava tudo normal e eu só pensei: acho que andei demais, mas ainda consigo voltar e passar na frente do cinema quando eles estiverem saindo da sessão, pra não acordar amanhã de novo com dúvida. Gritei: corre, peona! E corri mesmo, mas não entendi até agora como deixei vocês entrando no cinema, cheguei até quase a porta de casa, e quando voltei ainda peguei o portão descendo pro começo da sessão. Bem que vi o povo olhando pra mim espantado, acho que eu devia estar rápido demais, quase dando ré no tempo da volta. E minhas pernas nem doem, está tudo como sempre, mas não estou entendendo nada e não estou gostando disso.

— Então ainda não descobriu nada?

— Sim. Descobri que corri muito, atleta de rendimento. Quando cheguei, pedi pelo amor de deus pra Juliano me deixar entrar pela brecha travada do portão, que ainda não tinha batido no chão por causa da ferrugem que freia. Ele só deixou porque eu pedi pelo amor de deus. Deixa pra lá isso, quanto mais a gente conversa mais não entendo nada, devem ter botado alguma coisa na nossa água que bebemos na ponte. Pronto, parou esse assunto, deixa eu falar por que eu voltei. É que eu tenho uma dúvida muito eterna sobre vocês e de hoje não passa.

— Chora, Mainá.

— Vocês, afinal, são irmãos ou não?

— Como é que você para uma hora dessas e resolve voltar pra longe de casa pra perguntar isso, mulher? E mesmo depois da dona de dentro da tela ficar palestrando com você! Amanhã perguntava.

— É urgente.

— Avalio. A gente não é irmão, mas também a gente não tem certeza, talvez até a gente seja, mas não gêmeos. Se a gente for gêmeo, algumas coisas se explicam, não dá pra negar.

— E esses nomes? O que significam?

— Tem que significar?

— Eita, tá parecendo eu!

Hermoso — Foi assim, dona Maria de Fátima escolheu esses nomes e nunca explicou o que era, falou que só precisava ser bonito. Mas a gente não se conformou, todo mundo ia perguntar o motivo, ou o sentido, porque, pelo amor de Cristo, só fazia sentido se fosse o nome do avô, do bisavô, de algum príncipe importante, de uma montanha sagrada ou se tivesse um significado forte e de sorte.

Etrusco — Mas foi só boniteza mesmo. E olhe que eu nem acho bonito, então eu precisava sim de uma explicação, nem que eu inventasse. Nunca vou esquecer quando eu perguntei e ela respondeu que não carecia de significado porque não era tatuagem, bastava beleza.

Hermoso — Acho que foi o contrário, viu? Ela disse que era igual a tatuagem, bastava beleza.

Etrusco — Eita, é mesmo, decorei pelo avesso.

Hermoso — Sempre. Então a gente pegou o Aurélio velho, escondido dela, e descobriu só o de Etrusco. Etrusco é o povo da Etrúria. No norte deles tinha o rio Arno e no sul o Tibre, e eles viveram lá ainda antes dos romanos. Tinha alguma coisa também a ver com Lácio, Campânia e Úmbria, mas não lembro o quê. E Hermoso não tinha no dicionário, achei muito mais especial ainda, mas depois descobri que era espanhol, por isso que não tinha lá. Ficou muito difícil achar alguma informação, mas a avó de alguém disse que no sebo da rua Magnólia tinha dicionário dessa língua. E tinha mesmo. Hermoso significa maravilhoso.

    Mainá — Tem certeza? Eu acho que significa bonito.

    Hermoso — Não é possível! Não vem me gongar a essa altura, Mainá! Passei a vida inteira achando que eu era maravilhoso!

    Mainá — Mas bonito não serve?

    Hermoso — Não!

# Argélia

A gente era pequeno na rua da Bica, do lado do Beco da Faca, por trás do morro do Cecílio. Eu devia ter uns seis ou sete anos. A toalha da mesa da cozinha sempre era de flores, às vezes eu deixava ela suja e minha mãe reclamava, Etrusco, meu filho, de novo a toalha sebosa! Eu achava que tinha mudado, mas era a mesma da semana passada. Sempre tinha um cinzeiro e eu trocava por um açucareiro quando chegava visita. Não tinha problema um cinzeiro, mas era um cinzeiro com muita cinza, eu achava que não parecia uma cozinha normal.

Minha mãe usava batom e fumava, não tinha problema as fumadas, eu só achava feio o cinzeiro cheio de cinza e bituca de batom na mesa que a gente ia comer feijão e carne. Ela dizia que filho não mandava, mas eu não queria mandar, só trocar a cinza pelo açúcar.

Depois a gente era pequeno ainda. Uns dezessete anos os dois juntos. Era ladeira todo dia, indo e voltando, mas a gente nem sentia, o objetivo era ir pra escola logo e cedo, pra não ter reclamação, e voltar o mais rápido possível pra encontrar os comparsas.

— Só tinha homem?

Você sempre pergunta se só tinha homem, que obsessão!

— É o contrário, minha gente, pode ver que a resposta de vocês sempre é sim. Se só tinha homem, só tinha homem, posso fazer nada, vocês sim.

— A gente pode fazer o quê, se o tempo já passou, Mainá?
— Mas o tempo volta sempre, ele faz a curva, é só esperar.
— É o vento que faz a curva, mulher!
— Ah, é. Mas, se reparar direito, o tempo faz também. Aquela mazela resolvida e enterrada, quando você menos espera ela volta pra puxar seu pé de noite.
— A gente pode terminar de contar?
— Sim, claro, já calei a boca, dr. Hermoso.

— Eu não me lembro de tudo, mas o que eu lembro é pra sempre. Teve um dia que a gente caiu da ladeira, todo mundo junto, todos os meninos da rua, em cima de um carrinho só. Não tinha como dar certo, mas a gente só entendeu isso quando se estabacou lá embaixo, joelho ralado, sangue plissado, parecia cena ruim de verdade mas nem era, o sangueiro foi porque Junio levou um corte pequeno na testa, e testa, que é perto do olho, diz que é sangria certa.

Seu Julião chegou correndo, nem ligou pra gente porque já sabia que sério não era, não sei como ele já sabia, mas ele sempre já sabia de tudo, principalmente sobre quedas de crianças amontoadas brincando. Ele já chegou correndo pelo meio da rua, como se a gente fosse da equipe de salvamento, mas a gente que precisava de salvação, pelo menos é o que a gente imaginava. Imaginar a gente sabia. Seu Julião: "Cooooorre, minha gente! Argélia vai ter menino!!".

Foi um corre pra cá, corre pra lá, ninguém se lembrava mais de corte nem de arranhao, corre, menino! Estourou!
— Estourou o cano?
— O bucho de Argélia estourou!
— Meu deus!
— O bucho não, miseráfi, a bolsa!
— Que bolsa? O que tem a ver bolsa com bucho?
— Tudo!

— Entendo mais nada, vou calar minha boca.
— Isso!!

Os meninos tudo suado, aquarela salgada com sangue escorrido, meio seco já, um nojo de sovaqueira pré-adolescente, não sei como conseguem arrumar tanto aroma.

A sala estava azul, uma coisa linda, a santa no meio, iluminada, misteriosa, um douradinho sutil nas sobrancelhas, parecia uma mulher de Vênus na porta de um disco voador, a mesa cheia de flores pequenas, na cabeceira floradas maiores, essas todas brancas e azuis com um miolinho amarelo, todas feitas à mão pelas benzedeiras do bairro, tudo no silêncio completo.

Um silêncio leve, nunca tinha ouvido um silêncio assim.

As rezadeiras floristas estavam todas lá e foi boa essa sensação, de vê-las também num contexto de saúde e vida, até aquele dia a gente só encontrava com elas na doença e na última rezada. Até acho que foi ali que pela primeira vez eu percebi que elas eram bonitas, antes eu só enxergava a benza. Mariinha e Davina rezando baixinho, as duas de olhos fechados, as duas fazendo um riso. Nunca vi um lugar tão bonito na minha vida, e olhe que aquela casa era feia, viu?! O silêncio foi se acabando sem planejamento, não sei se por nervoso de todo mundo, mas por que teria que ter nervoso pra nascer uma criança? Parece que tem água gelada ali no cantinho, mergulho no copo de alumínio, preciso de água gelada.

Argélia teve menino! Mas foi menina.

Dá no mesmo, é só porque querem inventar mais novidade e informação do que já é um nascimento de uma criança. Já tem tudo ali, um corpo com uma alma dentro, uma cabeça com cabelo ou sem, uma cara engelhada, roxinha, pretinha, rosinha, amarelinha, desdentada e muito amor de todo tamanho. Acho que ser humano é feito pra isso, pra quando nasce a gente ficar feliz — a própria pessoa nascida porém não fica, estava lá de boa, nadando no quentinho e de repente cai aqui nesse lugar — e aí depois tanto faz, pode ficar até bem triste, o principal já passou.

As vizinhas foram chegando, cada uma abraçando a outra, depois também alguns vizinhos e outros avulsos. A luz era linda demais e as músicas que começaram a cantar eu não me lembro direito, mas nunca vou me esquecer. Falavam de Maria, José e o menino, de um céu com uma estrela maior, da seiva, da rama e da flor. Não entendi a parte de Salvador.

O nome escolhido foi Mainá.

# Portão

A entrada da minha casa é igualzinha em todo endereço que a gente mora, e olhe que a gente se muda, viu! Minha mãe tem disso, de criar uma fantasia de moradia, que ela veste em todo lugar que a gente vai viver, feito roupa de bujão de gás, sacode em cima pra parecer a mesma casa, pra mostrar que é sempre a gente, nada diferente, ela corta uma lâmina por cima do espaço, uma camada fina e ela cobre tudo com isso, feito uma manta, pra virar cobertor quente no vento gelado, não muito gelado, um pouco frio, quase nada, e ajudar a arejar o verão fervido de quase sempre.

Dona Argélia peneira tudo antes da mudança, quem vê pensa que é desapego, o que é supérfluo guarda num canto pra jogar fora depois, mas nunca joga, um dia pode precisar, nunca precisa. Ela pensa nos cômodos feito uma pintura, vai calibrando as cores e as texturas conforme o tempo passa, prepara cenas com os objetos dos outros, feito teatro, sempre fica coisa velha em casa, passada adiante por alguém, sempre sobra coisa. Todo mundo que tem coisas tem mais do que é necessário, quem costuma não ter é justamente quem precisa, mas não preciso ir tão fundo, é só minha casa de sempre e os cheiros em névoas voam pelos corredores de chão limpo às vezes sujo, é almoço, é incenso, bolo pronto ou queimado.

A casa, pra começar, tem um portão de ferro fininho, quase lata, lambuzado de tinta a óleo branca, meio amarela, ainda brilhante e mais bonita agora do que quando era moça. O desenho do portão é parecido com qualquer outro, mas é diferente. Tem um traçado imitando ladrilho de chão, só que na vertical e só que cortado. Parece só a metade de um portão, pode ser estilo, não sei se tiveram vontade de fazer isso ou erraram bonito, parece um tecido retalhado, troncho, mas que ficou bom. Minha vó chama tecido de fazenda.

Olhando pro lado esquerdo tem uma estrela inteira de quatro pontas, meio natalina no bom sentido, com losangos esticados completando cada vértice e à direita se vê dois losangos desses mesmo, parecendo que carimbaram, sabe quando parece isso? Abrindo pro lado de fora, o oposto da estrela, tem um desenho feito umas meias asas pontudas de muriçocas. Por sinal isso tem aqui, viu, coisa que existe mesmo é muriçoca, o resto todo pode ser só impressão, a muriçoca, ela é muito verídica.

Olhando pro lado direito se vê uma flor, cada pétala um balão estirado, ela escancarada. Essa parte está meio solta e toda e qualquer criança que chegue empurra pra ouvir o barulho, que parece uma voz esganiçada, de fantasma gasguita, e aí de um tudo se forma na mente delas de histórias de medo. Crianças adoram histórias amedrontadoras, e todo mundo tenta enfiar leveza pra elas, acho que por isso que a gente quando cresce fica assim. Leveza quase não existe.

Mas cada flor dessas do portão é emoldurada num quadrado sério arrodeando ela toda. Abrindo a vista e olhando enviesado, se vê os carimbos das pétalas virados pra dentro, como espinhos. Tudo é movimento, a entrada é guardada pelos que cuidam da gente, lá dentro é pra ser útero, a ideia é essa pelo menos, mas pode acontecer diferente, não dominamos os roteiros, pode sempre ser tudo ao contrário e lógica não tem nenhuma.

O número é 301, antigo 38, carteiros jovens erram bastante, querem uma explicação melhor, como assim uma casa com dois números, vou levar de volta, isso está errado. Mas o pior é que eu acho certo, minha mãe deve achar também, se nunca tirou o número velho. Anotar pra perguntar depois, ando esquecida demais. Acho bonita a dupla numérica, é somente a cara da perfeição e da coerência com o passado, esse troço que é o presente completo, é o agora explicado, cozinhado em tanta gente, é o que faz fazer sentido, a única coisa que agrega, que dissolve pra concentrar, que está incrustada na gente e tão solta no meio do oco, do vazio absoluto, aquele que engana na forma, com uma gema dentro, com as sabedorias abraçadas. Queria a dupla de irmãos aqui, será que eles iam concordar com isso? Eles disseram que vinham hoje à tarde. Às vezes extrapolo, eles dizem, mas não consegui ainda medir quando é isso ou não.

A porta da garagem é feia que dói, contrastando com o que tem dentro. É um metal brilhoso demais, precisava disso não, mas deve ter custado pouco dinheiro e faz o serviço direito, fecha, e ainda ficamos com o troco. Muito lanche extra o portão feio garantiu. A máquina de costura teima em ficar sempre embaixo da goteira, não sei que carma, seja em qualquer endereço, ela tem um ímã de rasgo no telhado. Está até pouco enferrujada, viu, diz minha mãe orgulhosa, ostentando um eletrodoméstico de gerações passadas, na época em que eram feitos pra durar, se atrai pela goteira que chega chora, provavelmente pra atestar. Do mexe e mexe no pedal, do estica e encolhe dos tendões, também de minha vó, saíram roupas lindas pra elas, principalmente pra minha vó e umas bem alheias, que eu achava ótimas e pegava. As que ela fazia pra mim eram bonitas, mas eu usava pouco, ela dizia "é linda, é bem feminina, vai ficar uma graça!". Eu nunca gostei disso. Lacinho, rendinha, qualquer fita que tivesse que ajustar e dar nó, ou botão demais já me dava nervoso. As que eu gostava normalmente tinham dado algum erro, botão fora de lugar, bolso pregado ao contrário, mangas trocadas, ficava com tudo. Até tentei fazer erradas de propósito, mas se tiver propósito é igual a acertar, e assim vivi um ciclo eterno de fracasso na costura.

Eu sempre sonhava com um quintal que não tinha na vida real e no sonho era água nos dois portões. No de trás, que na verdade era do lado, era sempre noite, uma água funda de alto-mar, uns peixes gigantes, pirarucus extrapolados, quase dinossauros marinhos, tinha um barquinho de madeira, tão bonito quanto mofado dentro, sempre molhado e com escamas. As criaturas profundas respiravam soltando bolhas de suspense, nunca dava pra ver a cara delas, mas eram muito ameaçadoras. Quando eu voltava pro interior da casa, não conseguia contar direito, e não fazia muito sentido porque tudo ali dentro era tranquilo, o medo passava e eu nem queria mais contar, só não ia mais abrir aquela porta. Saindo pelo portão da frente era sempre dia, tudo rasinho e transparente, cheio de crianças brincando, e tinha também um velho que sempre me chamava pra contar uma história tranquila. Eram entradas e saídas da mesma casa, mas ninguém dizia.

Eu gosto muito desse lugar e dessas portas metade de dia, metade de noite. Um tempo desses tentei fazer um laguinho no quintal com uma poça que apareceu sem ter chuva, não sei de onde veio, queria louvar a poça, botar aqueles peixes gordinhos, alaranjados meio acesos, mas não funcionou. Isso também depende do ponto de vista. Ficou criando umas minhocas aquáticas, achei nojento, mas é a vida nascendo. Devia ter botado um pouco de cloro, como falou Hermoso, ou uma maquininha de aquário, como Etrusco disse, mas não fiz e deu bicho, digo, deu vida. E aí cansei da poça, joguei terra, virou uma papa de minhoca, mas deve ter sido bom pra natureza porque eu não matei as danadas. Elas vivas nessa sopa fazem a terra respirar, todo mundo não compra minhoca pra fazer jardim? Pois pronto, as minhas foram de graça.

Gosto também do entorno da casa, os pedaços de rua que invadem sem perguntar. Os fios do poste, o emaranhado feito ninho, com três periquitos frequentadores, umas pombas que eu espanto, mas não adianta. Meu foco sempre é no céu azul-sertão bem depois do ninho elétrico, mas primeiro ele se impõe, depois minha vista vai calibrando, o ninho vai embaçando e finalmente a profusão de nuvens, rastreadas, em formatos, em pompons e difusão das luzes. Os dias na cidade vão assim, embaçando postes pra encontrar azuis possíveis. A maioria dos dias corre bem nesse pedaço do quintal, do lado oposto do mingau de lagarta.

— Papa de minhoca.

— Eita, atrasou bastante, mas chegou, hein? Falta o outro, depois você explica. Sim, papa de minhoca. Nesse pedaço do quintal fica como se estivesse tudo normal, Hermoso, sem atropelo nenhum. Feito aquela parte de areia dura da praia, na linha da beira, aquela faixa bem lisa e espelhada, como se o tempo tivesse parado ali, só de vez em quando uma concha, um grauçá ou um pedaço de vidro colorido, polido de tanto passar na areia com mar, à milanesa, que a gente pensa que é pedra preciosa, mas é só caco de cerveja. Aquele trecho que o mar acabou de molhar de novo, depois de se despedir do espaço onde passou muitas horas do dia, o até logo da maré vazante, tão maciça que a gente corre sem se cansar.

— Impossível correr sem se cansar, Mainá.

— Sem se cansar tanto como se estivesse correndo na areia fofa, Hermoso. Com você as frases sempre têm que ser enormes, se não, dá-se um jeito de entender outra coisa.

— Já eu acho que você resume demais.

— Olha que eu vou guardar essa declaração pra te lembrar no futuro! Você acabou de falar que eu resumo demais.

Esses diálogos nossos no meio da tarde são bons pra equalizar. Uma arenga pequena, um sol lindo pelos intervalos das folhas velhas e uns raios mais agressivos transpassando as folhagens menores e novinhas, pela pele ainda fina delas, umas lagartas verdes arrepiadas e famintas. Um pouco de idiotice e arrogância pra compensar a perfeição grandiosa do pôr do sol.

# Banco de piano

Era bonito demais meu avô tocando, desde pequena que eu choro com isso. Era um instrumento bem antigo e com um som que só ele tinha, mergulhou na cheia, a água chegou no telhado, todo mundo lá em cima e a felicidade quando chegou um helicóptero de socorro, não, decepcionados, era só a televisão ao vivo na tragédia. Quando emergiu, o piano tinha uma cobra dentro que, pra o acontecido atravessar gerações mais solenemente, era uma coral verdadeira. Nunca ele estragou. O danado é que, pra contar essa história direito, eu tenho que lembrar quais os nomes das músicas, que eu sei de trás pra frente e de cabeça pra baixo, e também os nomes de quem compôs o quê, mas nunca consegui até hoje. Decorei e esqueci, decorei e esqueci de novo, essa sequência muitas vezes repetida.

Só sei que ele gostava muito de um que era surdo e um que tinha uma irmã que era o gênio da família antes dele, mas com a chegada dele aposentaram a irmã, pois precisavam de um gênio homem. Eu tenho algum problema mesmo com nomes, pode ser de gente, cidade, música, fica ali passando o negativo quase revelado na minha frente, a imagem da pessoa inteirinha, lembro das conversas que a gente teve, até do cheiro, mas o nome não vem de jeito nenhum! Aí com isso o povo pensa que eu não sei.

Se me pedir, eu canto quase todas as músicas que saíam das teclas batendo nas cordas grossas por aquelas mãos, cada exclusiva nota, a respiração exata da intensão dos acordes na interpretação original, tudo digníssimo, tom, cadência, dinâmica, mas se perguntarem "essa é de quem?", nessa hora já corri pro banheiro e nem ouvi nada e quando volto o povo já mudou de assunto, graças a deus.

Eu vou de novo pesquisar os nomes das que eu mais gosto e sei decoradas e dessa vez vou anotar num lugar fácil pra achar depois e decorar infinito. Eu sempre digo isso e cumpro, mas depois não lembro qual foi esse esconderijo fácil de achar. Toda vez que eu anoto, faço isso de guardar sabe-se lá onde e nunca, jamais, encontrei quando precisava. Às vezes, estou procurando outra coisa e cai na minha frente um bilhete com os nomes.

Posso fazer um tipo de jogos internos, em casa, no próximo entrosamento familiar. Botar as crianças pra procurar bilhetes misteriosos escondidos, não, melhor, pode ser jogo de perguntas e respostas, de cartas viradas, aquelas coisas, aí as crianças aprendem e eu também, olha que beleza? São treze anos do mais puro apreço pela jogatina, aguardem meu tabuleiro nas melhores e piores casas do ramo.

Mulher, falando nisso tudo, sabe aquele banco lindo do piano do meu avô? Aquele com as rodinhas nas laterais, que você vai rodando e ele vai subindo um pouquinho de cada lado, movendo uma geringonça de encaixes com umas molas, um sistema arcaico, tipo um banco elevador de manivela? Lindo demais, né?

Pois atente pro ocorrido. Tia Cira quando viajou resolveu levar o piano pra tê-lo por perto e lembrar da gente. Desde que vô morreu que ficar junto do piano resolve um pouco a dor. Ela encomendou um pagamento caro pra uma transportadora levar o bicho pro Sul. Ela já tinha separado o dinheiro da mudança e, quando viu o preço do transporte, preferiu ganhar uns poucos móveis de amigos que não precisavam e investir a grana na viagem do móvel, digo instrumento, estimado. Chegou aquela caixona, um estrondo de tanta madeira, coisa linda ele de novo perto, vendo assim parecia um barco.

Demorou uns oito meses pra abrir, porque quando abrisse precisava já ter quem carregasse o piano pra sala onde ele ia ficar e também já afinar. Funciona assim com pianos, se tira do lugar, dois metros pra lá, que seja, tem que afinar de novo. Oito meses foi o tempo que o dinheiro demorou pra se apresentar. Quando chegaram os dois caras da loja Pianola, eu que encomendei o serviço, me apaixonei por esse nome, por isso ela contratou, pra carregar e afinar, diz o que aconteceu? Minha filha, simplesmente o banco não estava lá! Veio só o piano!

— E ela não fez nada?

— Fez! Ligou na loja do transporte e o abençoado disse "também, moça, você demorou oito meses pra abrir a caixa!".

— Oxe, mas o banco se desintegra quando demora pra abrir?

— Pelo visto, sim, uma das características do banco-elevador.

# Mesa de jantar

— Pai, passa a granola?
— Mainá e seus misticismos...
— Eita, danou-se.
— É igual à sua mãe, interessada por ciências ocultas. Ela agora é homeopatia, de duas em duas horas, o dia todinho, vinte bolinhas brancas cheias de açúcar e fé. Passa o sal, Joana?
— Se oriente, pai!
— Sou orientado, estou alertando a população dessa casa, cada vez mais com os pés fora do chão. Lembrei agora de quando você descobriu que Jesus não nasceu no Pará.
— O lado bom é ver o senhor dando gargalhada a essa hora, pai. Sobre Jesus, como eu podia adivinhar que era em outro lugar, se ele nasceu em Belém e Deus é brasileiro?
— Meu amor, comprei flores pra você.
— Obrigada, pai!
— Pra sua mãe, Mainá. As flores são belas, mas fiquei revoltado que só percebi em casa que elas não tinham cheiro. Devia ser proibido vender flor sem cheiro!
— A natureza é toda perfeita, pai, quando a flor é muito rebuscada, cheia de pra que isso, não carece de perfume. Já a mais discretinha tem cheiro bom.
— A rosa não é uma flor discretinha, filha.
— É verdade. A exceção que confirma a regra!

— Sempre querendo sair vencedora, vai ser bom pra utilizar em outros ramos da vida, anote aí no seu caderno de segredos.

— Pai, tem uma coisa que você disse que não passou batido, não, viu? O senhor falou das bolinhas brancas de fé, mas e seu futebol, que você quase desmaia de raiva quando perde e de alegria quando ganha e fica rangendo os dentes, com as mãos apertadas, quase uma furando a outra, e segurando a camisa do time? Precisa ver sua cara, seu corpo, quando você torce, contando com alguma força sobrenatural. Torceu, é fé, pai.

— Filha, vou deixar essa pra depois, tá? Quero acabar de jantar sem polêmicas.

— Mãe, e se a gente achasse cem reais?

— Filha, ninguém acha cem reais.

— Para de pensar pequeno, mãe! É não, dona Argélia, esse texto claro que não é meu, estou testando personagens em cenas do dia a dia.

— Testando personagens? Cuidado pra não falar isso alto por aí.

— Pai, falando em personagens, teve um livro que a professora passou pra comprar, mas vi na sua estante e acabei lendo um outro livro dentro dele, de tanta anotação e grifo que você fez. Na hora da prova, vou errar tudo.

— Vai errar por quê, se o que escrevo é justamente pra me ajudar a elucidar as coisas?

— Mas o elucidar de um não é igual ao do outro, pra mim você criou sujeitos que não existem ali originalmente, foi parceria, pode ficar feliz de ter escrito um livro junto com o grande filósofo.

— Não entendi nada, filha, estava prestando atenção na novela, você pegou o livro de seu pai pra ler ou do autor que está estudando na escola?

— Pois é, dos dois. Fui ler o livro de meu pai, porque ele tem o que a professora mandou, mas pra tudo ele tinha um argumento escrito com esferográfica. Depois do autor defender com todas as forças uma ideia, lê-se, de azul: "Discordo".

— Entendi. Gênio ruim quem marca um livro todo com opiniões próprias e ninguém mais consegue achar ali o original sem interferências.

— O livro é de quem, meu amor?

— É seu, marido, tem razão. Tem razão e tem também muita opinião. Aliás, vocês dois são uns bilhetes premiados nesse quesito.

Mainá vai sozinha pro quarto, suas três amigas chegam ao mesmo tempo e alguém precisa dar conta disso. Germana, a mais soltinha, já arrastou a penteadeira pro meio da sala, parece que vai ter espetáculo, tem sim, senhor, só esqueceram de avisar pra mãe. Os soldados apareceram, depois de, novamente, serem tão esperados, desejados, aguardados como um papa e um presidente, e arrastaram pra cá e pra lá mais móveis, todos deviam servir de penteadeiras, tinha direção, não era qualquer coisa, a cena precisava ficar perfeita.

Cada amiga se sentou na frente de sua penteadeira, decorada cada uma de acordo com a personalidade aboletada na frente do espelho. Espelhos de parede equilibrados em cadeiras, mesinhas, estantes, estava bonito, quase realista. Ela voltou, como se ensaiada, e começou a sessão, parece que é uma estreia, ninguém me avisou, a informação que eu tinha era ensaio. Ela está teclando na máquina de escrever, que não sei onde arrumou.

Silêncio, o terceiro toque.

— Da janela olhamos, penteadas, o dia embaçado. Era uma vez um lugar chamado Rio de Janeiro, onde as mulheres eram formosas e gostavam muito de ir pra praia.

— Ela viaja mesmo, conta histórias empoeiradas e sem sentido e gosta de desenhar flores. Que síndrome! Eis o personagem de Mainá na foto do móvel velho. Do lado, seu ex-namorado e seus critérios obsoletos.

A televisão ligou sozinha, um comercial de comprimido. Como pode isso, fazer propaganda de remédio? Devia ser proibido!

— Tu tens rímel?
— Ai, meu juízo!
— Ai, meu coração!
— Que é isso, minha gente?
— Esqueci o texto.
— Improvisa!
— Não consigo.
— Eu achava que ia ser um espetáculo bonito, a gente costumava ter boas ideias, hoje acontece isso, no dia da estreia a desconcentração reina e a inspiração falece. Mas é assim mesmo, quem menos deve morrer é quem mais morre.
— Parâmetros apertados, saiam desses corpos que não lhes pertencem! O charme que arde é o de dentro e pra nós mesmas, o que a gente não consegue botar pra fora porque o mundo entope. Não vivamos na função de quem olha pra gente, isso murcha um tanto por dia nesse sistema paralisante. Raios que o partam! Desatarranquem-me, agentes inibidores!

Etrusco e Hermoso retiram as penteadeiras da sala. No meio do falatório, não entendi se se entenderam no combinado pra saída de cena, mas pelo menos foram fundo. O foco de luz em Mainá se apaga.

# É lua ou pesadelo?

Não tenho a menor vontade, digo logo. Não gosto de altura voando, só no trapézio, em cima de pé de jambo e manga e em cima de muro também. Mas voar? Deusulivre!
    Dito isso, essa situação pode ser apenas sonho e é bom que eu acorde logo, pois está estranho.
    Gente, não tem ninguém aqui, só essa luz prateada aterrorizante, parece um acorde de suspense pairando, mas, ao mesmo tempo, não tem nada a ver, porque é forma e não som, e a forma até dá pra jogar um pano em cima. O som, mesmo se você tapar os ouvidos, ele entra se quiser entrar e você ouve na mente, dentro da cabeça mesmo.
    De onde eu tirei essa ideia? Estou com medo, mãe, me salva! Eu falei que não gostava daqui, mas é minha mentira, eu gosto muito, juro, pode me mandar de volta, pessoal, tô de boa.
    Falando sozinha faz tempo, é isso que eu estou vendo, e nada acontece. Vou esperar, deve ser sonho mesmo, não precisa sempre ser ruim, receba esse abraço de luz, menina, deve ser bem um anjo, uma bruma de alguém que já foi embora e quer te cuidar.
    Certo, vou dormir, aceitar a tranquilidade. Meu medo é dormir dentro do sonho e não acordar nunca mais ou acordar em outro canto, no meio de um pesadelo. Ou pior, no meio do pesadelo de outra pessoa. Lá vem pensamento macabro de novo, dorme, demônia!
    Boa noite, demônios.

# Gigante Cabeça de Lanternas

Vou pra feira pela avenida, cheirando a sabonete lilás, querendo desviar dos barulhos e ser uma das últimas a chegar na parte das verduras antes da destruição total. Preços baixos e hortaliças boas pra sopa, caldo, tudo que for comida amassada, como me ensinou minha mãe.

Atravesso a rua pra pracinha da igreja, meio cheia, um pouco vazia. Sai de dentro do caminhão um homem gigante, no sol do meio-dia, ele com um brilho sobrenatural na cabeça e eu pensando ser visagem. Não é um homem grande, é um gigante mesmo, de livro. Um gigante com lanternas na cabeça, um farol ambulante, com uma barriga que remexe, parecendo que vai parir de uma vez só uma dezena de criaturinhas velozes e vorazes.

— No meu eixo, eu trago luz! Dourada, amarela, alaranjada e vermelha, feito a chama da fogueira no final, revelo também o rosa, o roxo e o azul-escuro, tudo emendado com ouro, flamulando no vento que vem da praia, no pedaço ainda sem construções. Eu vou pisando no chão e quando ando dou vertigem de voo alto, apareço pra uma pessoa por vez.

— Isso tudo é só pra mim, moço?

— Não se sinta especial por isso, passo vinte e quatro horas por dia, doze meses por ano, aparecendo por aí. Mas se sinta sim especial, perdoe a crise de sinceridade, dependo disso pra que o plano funcione e você me dê ouvidos, menina.

— É Mainá.

— Não me interessa seu nome, nome é qualquer um. Fique em silêncio o máximo que conseguir, só receba um pouco de luz, recarregue o motor, que as raízes dos seus pés estão meio atrofiadas. O pé atrofiado não é problema algum, cada qual com seu tipo de pé, ou sem pé, cada corpo, um corpo, mas as raízes, sem elas não tem o sumo, em alguma extremidade há de se cevar a raiz. Dê um mergulho no mar; se encontrar lixo, recolha; e tome antes de dormir um banho de rosas brancas, de cabeça, e no dia seguinte banho de rosas vermelhas, do pescoço pra baixo. Você joga as flores na panela quando a água estiver fervendo e desliga na mesma hora o fogo. E tampe a panela. Quando as pétalas estiverem transparentes é que ele está bom.

— Como eu vou saber das pétalas, se a panela está tampada?

— Engraçada, você. E precisada de um banho de rosas de noite, depois do dia de sal do mar. Vá pra casa que daqui a pouco vai acontecer um acidente aqui. De nada.

— Obrigada, moço. Que fita é essa no chão?

— Mainá, menina, me dê aqui essa sianinha desgarrada. Esse tamanho quem inventou de me dar, meu deus? Pra me abaixar é meia hora, pra voltar hora e meia, no dia certo vou saber que tanto serviço é esse nas minhas costas, devo eu em outra vida ter sido come e dorme. Desde pequeno é isso, mesmo sem ter sido pequeno, alguém deixa cair a fita e eu tenho que achar e trazer de volta, mas isso é todo santo dia!

— No caso, quem achou fui eu.

— E a soberba?

— São fatos.

— Olha, quando você nem sonhava em nascer, esse chão eu já conhecia inteiro, cada centímetro, nunca uma fita me passou despercebida, podia ter um carnaval completo, de sábado até quinta-feira, passando e largando tira e bolinha colorida e missanga e lantejoula e purpurina pra tudo quanto é lado, a fita certa eu nunca deixei pra trás. Faz parte do meu ofício, o seu é outro, pode até me auxiliar em alguma busca, mas nada que me enfraqueça, como sugere sua ironia infantil.

— Mas eu sou uma criança, minha ironia não poderia ser outra.

— Então, quando você crescer, a gente conversa.

— Peraê também! Vamos conversar, eu entendi o que você quis dizer, é que me dá uma coceira, não consigo não perder a alfinetada.

— Pois se sente e escute.

A minha cabeça de lanternas: não tem nada por acaso nela. Cada candeeiro esmerado desses é uma casa pra zelar, cada uma com sua desenvoltura, seu peso pra equilibrar, cada um planeta pra entender e segurar. Nenhuma pode pender mais que a outra, prestar atenção na mais leve, que fica sempre na fuga pra cima, posto que é de fogo, da essência dele, antes que você não segure a língua, todas têm chama. Uma apenas é a origem dele, por mais que todas acesas, é a justiça de todo lugar, a que corre pelo certo, que queima o que está falseado, o que é erguido na base da mentira e acende a trilha, pra trás das suas costas, pra frente do seu umbigo, o antes, o durante e o depois, provavelmente na ordem contrária, pra agradar o que vier na frente. Ele vai bordando, dá trabalho a peleja. Pega uma pepita e sopra pra tirar poeira, lambe pra lustrar, faz de um naco de galho agulha, de linha o que tiver de fita. Vai montando o caminho todo, por onde passa é resplandecendo, aquela caçarola que orgulha no brilho, aquele piso que faz pena pisar, mas pisa. A primeira a ser acesa é a do dono da rua, tem ordem, não é esculhambação não, ele vem primeiro de todos e fala por último o que todo mundo escuta antes.

Eu danço com essas lamparinas acesas, sem deixar cair nunca, eu gosto, nasci pra isso, e se eu derrubar vai trincar o mundo em tantas partes quantas lanternas tiver. E eu nem sei quantas tem e elas também revezam, às vezes no meio de um dia inteiro que percebo que carrego outra naquele nó da gambiarra. O equilíbrio quem faz sou eu, pode ter dez de um lado e três do outro, fica tudo igualzinho, perfeito. Já pensaste, o mundo se partir feito biscoito, esfarelando uns pedaços soltos, tu caíres sei lá pra que lado, perto de gente que tu nem sabes a que veio, num buraco de constelação? Pois é, não, desse setor sou eu que cuido, com minha força que eu garanto até pra que lado a maré vai, respiro junto com ela; se eu cair, ela cai.

Agora a senhora guarde essas informações, antes de se gabar que achou fita primeiro. Se achou foi porque eu garanti o chão aceso. Olha que você me tira do eixo, viu! Eu não tenho que dar discurso a seu ninguém, não vim pra isso, mas também sou gente, paciência!

— O senhor é gente?

# Lanceiros

Caboclos de lança crianças, bem miúdos, muitos, não sei quantos, barulhentos, ágeis, arco-íris pequeninos, em uníssono:

Lanceiros pequenos chegamos na Terra!
    Amiguinha, foi você que falou velozes e vorazes? Nascemos! Do bucho do nosso pai, agorinha mesmo! Elétricas!
    A diferença que fazemos pra Terra maiúscula, a planeta, é nossa felicidade guerreira.
    Quando vontade já não existe, a esperança está apagada e o desejo se cobriu de poeira, a gente chega.
    Quando a palavra falta, a letra não vem, a caneta fica dormente, a gente aparece.
    Quando tudo paralisa por dentro, o cenário é de terror, a música não toca, a gente se alista.
    O ar pode estar tormentoso, no ao redor inteiro um assovio sem sorte, um berro latente de corte, quando a gente chega em terra, ela, em cada minúscula partícula, é fértil.
    Quando répteis noturnos se aproximam e anunciam o que sucede, o pavor é antes por nada, enxergamos com olhos transparentes, nos búzios da nossa estratégia, pra entender onde o medo bate, o que dele cada um reflete sem entender por onde anda, ver se muda, descobre onde se está e por onde se deveria andar. Nossos olhinhos de vidro sem cor não cobrem nada, são a pura descoberta, a sinceridade primeira de todas, tudo com eles se vê e amplia.

\*\*\*

Fazemos quebra-cabeças com as verdades dos mundos, dá pra andar por eles suturando os passos, trilhas lineares e interligadas, mas também podemos embaraçar todas elas, mesmo que seja pelo prazer de te ver desfazer os nós. Barulho de isopor, cenário de escadas, de aquário gigante e nós peixes nele, som de queda, de roupa se movendo sem pessoa, derrapada de ladeira pro caminhão, depois a gente respira e vê no que dá.

A gente estar no formato da matéria é a informação que importa e a única que você precisa na caminhada do dia de hoje, na duração do balanço do corpo celestial, a própria rotação dele. Você pode ter outras, claro, não mandamos nas suas informações, só avisamos que essa, pelo menos ela, você deve ter pra passar salubre por essa volta em torno da Terra mesma. Se precisar mandar um recado do tipo sério pra alguém e acha que ninguém vai dar ouvidos, por ser do mesmo naipe de seres encarnados, chama a gente que a gente resolve. Nada como um susto. Enquanto estivermos vivos, há de pulsar esse território. Já estávamos aqui antes de todo mundo.

A terra é fértil, e se nela as coisas não nascerem é porque não tinham a condição mínima pra aterrissagem. Às vezes, não entendemos por que algumas vingam, mesmo rotineiramente fora da curva necessária pro broto vital, e olhe que somos acostumados no batente e deveríamos saber, mas, admitimos, não temos a indubitabilidade do que acontece em alguns casos. E olhe que sabemos de muita coisa, não somos pura sabedoria, mas está provado aqui que somos um poço de curiosidade em energia fina e sabemos de muita coisa mesmo, enxergamos através de paredes, passamos despercebidos por olhos mortais que dizem enxergar tudo. Condição impossível pra vocês, pra nós é doce de leite de cortar de faca.

Nesse mundo específico nascemos faz pouco tempo, agora mesmo, como comprovam a pequena distância entre nossa cabeça e o chão. Mas não é nem por isso, a gente poderia ser só pequeno, feito nossas irmãs e nossos irmãos. Poderia ser Mainá também, o tamanho dela é igual ao nosso. Mas o principal é que já nascemos sabendo, minha gente! Porque chegamos primeiro a todos os lugares e nossa forma física é só uma parte, justamente o que se revela pra vocês, satisfeitos e contentados com superfícies.

Quem nasce sabendo já nasce rouco, porque já vinha explicando desde outros tempos. Mas paciência é a norma da casa chamada esse planeta. Pra estratégia de sobrevivência nele, é necessário nos ouvir e anotar os ingredientes, então nos aturem, porque estamos só começando!

# Carne de charque

Bala salgada. Lágrima doce. Sangue metal.
    Tudo tão guardado, mas tão bem guardado que parece perdido, que eu quase nem me lembro. O que é mais importante que tudo pra mim, que nasceu, que veio de fábrica, já grudado nas células. Um tipo de tristeza leve, quase não é tristeza, só é distante de alegria, de empolgação. Chega a nem chamar a atenção, mesmo fulgurante, que parece fazer integrar a pintura, ela faz parte da paisagem que quase me engole, tão natural que se confunde comigo, é quase eu ou, principalmente, eu.
    É estranho um duplo porque é só nosso, não dá pra explicar, quem garante que quem decifra ali sou eu e não o outro? Se existe conversa entre as duas há de ser alguma tensão, uma discórdia. Como ter pontos de vista diferentes, sendo o invólucro um só? Preciso me desgrudar, combinar alguma coisa com as duas, antes de qualquer tipo de ligadura externa. Se é natural pra mim, posso fazer com que seja pra quem está de fora também. Não pode ser tão difícil isso, conseguiremos.
    De tanto não saber como dividir, do tanto que é estranho esse sal-lágrima-seca que só faz sentido pra mim, eu guardo. Preciso perguntar ao meu irmão se os documentos que se perderam naquela viagem, se isso foi parecido com o que sinto agora. Ele foi pra registrar memórias que não conhecia, mas sentia saudade. Escreveu, fotografou, pra ver se um dia chegava no antes. Algumas peças começaram a se encaixar, um

enredo já pulava das folhas, misturado com documentos que ninguém sabia que ele tinha, segredo até entre um cômodo e outro da casa.

Um dia deu um vento, uma chuva ou um ladrão dentro do quarto e, quando viu, tinha sobrado pouca coisa. Tudo o que começava a se tornar concreto, agora desfocado, embaçado, distante. Nas páginas descoladas de um livro que ainda não existia, ele encontrou a verdadeira lembrança do que faltava, mas fazia parte dele. Não estava desfalcado, as peças na mesa, nada se perdeu, ao mesmo tempo que quase nada foi revelado. Memória não sei se se perde, se se esconde, se faz sentido de fora.

Aqui está frio, apesar de vivo, quente do líquido que ferve nas veias, força, impulsão. Do nada, frear, perder a calma que guiava toda a estrada construída com cuidado, atentando nas placas que garantem a compreensão, cada um precisa das suas, cada sua pro seu um individual. Do nada, brecar de novo, logo depois da próxima largada, precisar pedir desculpas e tudo voltar a ser tranquilo.

Queria dividir isso com você, amigo velho, mas você morreu. E agora? Queria saber da sua infância, e você perguntou o que exatamente, nada de bom você ia ter pra contar e, enquanto você era bom, você sentia fome.

O sal. Se eu soubesse, eu não perguntava. Deixa pra lá, nem sei como, mas deixa. Acho que a chave está em você, uma personagem musa, com uma chave na mão.

Vou fazer o que você me mandou, não ache que eu esqueci sua pergunta. Lembro muito bem de você, belo e em estado de fúria, de bengala rica e cabelos muito brancos e compridos, me perguntar, quando te perguntei da infância, achando, bestinha, que te daria um drible:

"Por que você não faz um filme sobre o futuro?"

# Casamento

— A proximidade é tão difícil e tão imensa, zelemos por ela e por nós. O meu amor é o brilho do sol! Você aqui de volta o sol está bonito, a lua está azul e eu nunca mais volto pra casa.

— Definitivamente esse não é meu pique, namorado. Podemos não usar palavras, pode ser? As disponíveis estão viciadíssimas, trazem cargas terríveis pelos tempos.

— Mainá, era só uma poesia, aprenda a receber também, por que sempre armada, reativa, desativada?

— Desativada? Namorado, você é uma pessoa muito interessante pra me fazer sentir bem. O pior é que às vezes eu nem me sinto. O que eu quero de você é: eu feliz. O que você acha do meu amor e o que eu acho do seu é o que faz a gente feliz dos amores.

Enganchou o colar e se largaram, voando as esferas vermelhas imensas, tropeçadas, bem na hora do beijo. O momento fatal, pra registro na fotografia, entrar pra história familiar, tudo embolotado. O padre estava ajeitando a bata, arrumando o cálice e o corpo de Cristo, queria começar o casamento, já passava era muito da hora, mas os noivos não paravam de falar e de tentar se desenganchar. Pelo gestual avexado, concluo que ele vai começar à revelia do casal.

— Existem coisas que estão contidas no amor e delas só o amor entende. Juliette Princesa?

— Um padre pode inventar apelido pra noiva?

— Um padre é uma pessoa, pode inventar o que quiser.

— Estranho, mas pode prosseguir.

— Muito obrigado, louvada sejas. Sabias que amar é o gostar maior de todos?

— Sim.

— E vós, Príncipe Contente, prometes que todo mal que fizeres a Juliette será por bem?

— É o quê? Fazer mal a mim? Tá repreendido! E precisa ser esse apelido?

— Sim.

— Como assim?

— Se beijem.

— Eu não!

— Se beijem!

— Vou sacudir o buquê, minha gente, corre aí quem se interessar!

# Festa cigana

Cheguei cedo demais, acho que essa festa é outra. Moço, essa festa é a de Joninhas?
— Joninhas? Qual Joninhas?
— Tem dois Joninhas?
— Eu não sei quantos tem.
— Moço, quantos Joninhas você conhece?
— Nenhum.
— Está bem, obrigada pela ajuda.

Um monte de condessa e rainha, o que esse povo está fazendo aqui? Choquei, acho que vou andar na rua mesmo, entendi nada.
— O que você está fazendo aqui, Mainá?
— Joninhas! Essa festa não é a sua?
— Não, mas nunca foi minha mesmo a que te convidei. Era outra, na casa do lado, mas a música estava ruim e vim pra cá, agora vamos aproveitar e comer bolo de graça.
— Não acredito nisso, não!
— Para de rebuscar ideia e vem ver uma coisa.

Uma mesa de doces que é um quilômetro de madeira, uma toalha vermelha, a toalha é belíssima, com um bico dourado, feito saia da festa da cigana. As mulheres no salão tentaram ficar tão bonitas quanto a toalha, mas falharam. E todas pareciam a mesma.

Na mesa, criatura feminina mais linda do baile, tinha um redemoinho de milhares de uvinhas, moranguinhos, casadinhos, surpresinhas, uma profusão de diminutivos de açúcar, cheios de pra que isso em volta. Podia ser só o doce, mas é ele, uma bandejinha prateada embaixo, uma redinha cor-de-rosa em cima e uma florzinha no laço que amarra. No meio de tudo está plantado o pai dos doces, um bolo de seis andares, não sei se alguém vai casar, mas é feito esses bolos de casamento, que eu não sei como não cai tudo na hora de cortar. Se bem que eu nunca fui a um casamento, como é que eu sei disso? Acho que é de novela e filme. Eita, será que todo o resto do que eu sei sobre casamento também é da ficção? Amigo, me ajuda?

— Mainá, come doce, depois você reflete.

# Guarda-roupa

Um vestido torto, bem maior que ela, com a barra que deixou pra fazer depois. Depois da morte, só sendo, doze anos já começaram e acabaram desde a decisão da barra da saia.

Um egungum quando levita traz tudo com ele, e é melhor você não olhar fora da cerimônia, tem fundamento que é de não olhar e outros que é de se olhar, não contar. Queria saber como é ali nesse lugar de depois, essas roupas coloridas e pesadas, esse brilho que não sai do olho, é um facho interno? Um guarda-roupa lotado de coisas que não são usadas.

Minha vontade me leva agora para aquele teatro gigantesco, ou era eu que era muito pequena. Fui com a coreografia da escola, vestida de abelha, minha mãe fez a roupinha linda, o corte e costura da infância. Um maiô verde de balé, umas asinhas perfeitas, não me lembro do material, uma touquinha de crochê dourada que ela também fez, com dois olhos de papelão pintados e colados no entrançado, por cima da testa infantil. Brilhei foi muito esse dia, nas fotos a turma inteira catequizada, de mãos dadas na dança e eu pulando lá na frente, mais grilo que abelha.

Dia útil, balanço de recreio e também portão na cara brincando de pega, dois dentes da frente o preço, a mãe bordadora de abelhas chegou e só lágrimas secas e dois dentes pendurados pela raiz, a farda toda vermelha, não sei como aguenta. As colegas já tinham ido pra casa almoçar, os dentes pendurados, não foi culpa de ninguém, nem de quem empurrou o portão, o portão que foi na boca ao acaso, podia ser na mochila, foi na cara.

    Saindo da escola, ganhou um vestido de presente, vestido bom pro gosto de alguns, pro meu não, nem aquelas sapatilhas femininas, nem nada com lacinho indicando mulher. Pra mulher tem sempre indicação, contraindicação, regra, bula e uma estrada graúda, nela pé e outro pé. Ainda não atingi o entendimento da conexão laço e mulher, o que lacinho tem a ver com calcinha?

    O espetáculo está acabando e não prestei atenção, só assisti e voei nos enlaçamentos e nós, dentes arrancados no recreio e sapatilhas de menina. Mas, se brincar, foi essa a ideia de quem criou. Desconcentrar e viajar enquanto assiste será que conta como desprezo? Tenho dúvidas, a falta de atenção, nesse caso, será mérito ou defeito do viajante ou do diretor? Preciso fazer um resumo pra entregar na aula, inventar um enredo com o que eu tiver assimilado, um clássico meu. Aquele vestido vermelho e pesado, como cortina do teatro velho. Antigo. Velho.

    A cortina vista da primeira fila pesou como meu sangue escorrendo da boca, minha lembrança desse teatro, tudo inundado no primeiro acorde do piano. Envelheci ali. Me vesti de cortina, sinuosa, cheia de quilos espalhados em reentrâncias, confrontando o que eu falava sobre as vestimentas das mulheres velhas, sempre floridas e de bolinhas. O meu vestido de velha não tem bolas nem flores, é veludo maciço no calor e bonito, um tecido grosso e cor de vinho, uma roupa longa, pra usar descalça, ele arrastando por baixo, arrancando poeira, um figurino costurado no que passou faz muito tempo, mas não amassou nunca.

# Facão

Não acho de jeito nenhum a faca.

Passei uma semana vendo preço de faca, tamanho de faca, corte de acordo com as espessuras e propósitos, apressei no comércio, encontrei a perfeita e agora, cadê?

Já rodei tudo, bati a casa inteira, abri o forno, a máquina de lavar e a gaveta de blusinhas, que também não tinha blusinhas, só pés de meia sem par, e não adianta, estou no labirinto daquele filme ruim. Não lembro mais nem pra que era esse talher, se tiver uma lição de moral é essa, não compre pela instiga, nada é tão importante, a faca é pra quê?

Se for pra cortar fruta, dá pra comer com a mão.

O mesmo se for pra passar no pão.

Pra abrir carta, carta nem existe mais.

Descolar página de livro, que livro?

Pra matar, tem outras técnicas.

Pra furar, dá pra ser com outra arma.

Pra serrar, se for madeira, essa ferramenta não adianta.

Deixa quieto, vamos assim, inteiros, nós, as frutas, nem um pingo de caldo delas abertas certinhas, é cachoeira de suco depois da mordida selvagem, os pães, nenhum animal morto, nem carta recebida, dirá aberta, zero dinheiros, pois gastei tudo na faca japonesa que não desamola nunca.

— Ô de casa!
— Oi, moço, o que você quer? Acho que te conheço de algum lugar.
— Oi, moça, tudo bem? Como é seu nome?
— Moço, veja bem, eu estou na janela da minha casa, prestes a apreciar o pôr do sol, se o senhor quiser alguma coisa, se apresente e me diga o quê, porque aí facilita e eu não perco o espetáculo da natureza. Pra que o senhor quer saber meu nome? Quando a gente visita alguém, a gente diz quem é e a que veio, e não começa uma entrevista com a moça da janela.
— Calma, senhorita.
— Eu não estou nervosa, só estou perdendo o pôr do sol, sem saber ainda por quê, nem por causa de quem. Se o senhor ajudar, melhor, porque odeio coisas sem propósito, principalmente quando são os outros que começam a brincadeira, mais ainda se for alguém que eu nem conheço, nunca vi.
— Tudo bem então, vou embora, veja seu sol, não é de minha índole atrapalhar donzelas.
— Atrapalhar o quê? Donzelas, moço? É sério essa palavra?
— Tentei agradar de todas as formas, cheguei devagar, fui educado, perguntei primeiro seu nome, você está perdendo o pôr do sol em vão, pois era coisa pequena, besteira, já teria resolvido, mas tudo bem, vou nessa.
— Moço! Agora você vai dizer sim, me tirou totalmente do meu objetivo, me enervou e vai embora?
— Mas não disse que estava calma?
— Tchau, moço!
— Tchau, donzela!

# Roupa dos mortos

— Comentar a roupa dos mortos durante o enterro nunca foi educação, Mainá, pelo menos não a que eu te dei. Tenta não ficar nessa necessidade eterna de participar de tudo, filha. Às vezes só observar, perceber como outras pessoas fazem o que a gente faria de outro jeito, é bom pra convivência, pra saúde.
— Poxa, mãe, precisa disso tudo não, não estou comentando feito fofoca, é pra te lembrar que, no dia que Jariu nasceu, ela estava com um vestido dessa mesma estampa e eu falei no dia pra você que achei um vestido mórbido pra nascimento, que combinava mais com falecimento e, aqui estamos, com ela falecida e com a estampa condizente. Falando assim, parece que você não me conhece! E que mania de achar que a educação que eu tenho foi só você que deu, eu também me fiz!
— É o contrário, filha minha, te conheço bastante, gostaria até que fosse um pouco menos, pra eu não ficar parecendo vidente no velório dos outros.
— Camadas, camadas, setores, setores, dimensões, dimensões, acho que é ao mesmo tempo que correm o passado e o futuro, só isso explica conexões feito essa. Como é que alguém compra um tecido de estampa de morte, bota na filha no dia mais importante da sua vida, o nascimento, e no segundo dia mais importante da sua vida, o dia da morte? Será que foi de propósito? Não pode. Mas coincidência não existe. Foi de propósito ou teleguiada por espíritos, anjos, por seres

em que ela acreditava, porque são eles que aparecem no final com lições, talvez até ela já soubesse de tudo, fosse adivinha e fez programado, pras almas encontrarem a filha do lado de lá mais facilmente.

— Filha, tira da cabeça essa ideia de estampa de morte, que coisa macabra! Eu sei que você há tempos não tinha muita ligação com essas pessoas e aí não tem o peso do choro, mas pode aproveitar e usar isso pra ficar mais distante da boca grande, não precisar ter tanta opinião. E além disso, o que é que tem uma estampa cheia de ursinhos a ver com morte? Eles são meio esquisitos mesmo, uns com a carinha triste, outros meio psicopatas, mas são só desenhos, bichinhos estampados num pano. Me tira uma dúvida, moça sensitiva de tecidos, desde quando você acredita em espíritos e anjos?

— Eu sempre acreditei! Olha você errada, dizendo que me conhece maravilhosamente bem!

— Passamos a parada.

— Passamos três paradas, mãe.

— É bom, vamos voltar três casas e tentar solucionar o caso das roupas adequadas pra nascimentos e velórios. Agora a gente ri juntas, escreve aí.

— Escreve aí onde, mainha?

— Nesse caderno onde você inventa essas pinturas.

# Maternidade Santo Almoço

Eu sou um fantasma no corredor, que cheiro perfeito! Meu irmão nasceu! Eu me lembro desse perfume bom, o gosto do ar da maternidade. Desde esse dia, sempre que sinto cheiro de éter, pro resto da vida, a imagem de meu irmão aparece, nítida, pra mim. Preciso guardar essas paredes verdes feias, bonitas, guardar esse cheiro, muito melhor do que o desse almoço temperadíssimo, misturado com o altíssimo som das falas, o disco tocando, o cachorro latindo, meu tio bêbado e a esposa dele achando ruim, eternamente, sem transformar isso em nada.

Acho que é sonho de novo, o éter sobrepondo o cominho e eu vendo os pratos na mesa, pessoas postas em volta, o barulho sumir. Se eu acordar, será que ainda sou pequena? É melhor ser uma criança dormindo do que acordada, mas queria acordar sim, não quero morrer hoje, podemos marcar pra outro dia. Hoje eu só quero mesmo continuar adormecida e bela, se isso aqui for fruto de uma dormida boa de meio de tarde. Se for verdade, só um desatino de olfato saudoso me deixa em pé, orelhas atentas.

Deve ser de noite ainda, espero que demore, quero ficar aqui, não tenho certeza de como vai ser quando eu acordar, se vai ser no mesmo lugar, a mesma idade. Quando acordar, tenho que lembrar de esquecer que não aconteceu de verdade, se é que é sonho mesmo. Parece ser.

Tenho três anos hoje e não posso me esquecer disso. Lembrar de anotar pra firmar que conheço o cheiro que a maioria acha ruim, pra gostar mesmo quando for grande, quando nada sobrar na memória, lembrar disso. Lembrar de lembrar.

Quando eu crescer, vou parecer mais com tia Denize ou com tia Denise? Elas são separadas por um ínfimo Z, que uma delas se orgulha de ter, mas também poderia ser por um mísero S, mas tia Denize com Z é mais barulhenta e faz parecer a letra dela ser a diferença fundamental, e coitada da pessoa que escrever com S. Não vou parecer com nenhuma das duas, eu me prometo isso, preciso anotar também: não esquecer de não se parecer.

Que arroz divino! Que cheiro bom também! Mesmo na tapaué, frio, duas horas depois, ainda é bom. Essa casinha no quintal é o que me salva dessas reuniões cheias de gente pra comer aqui em casa e eu sou uma criança de sorte, por ter uma avó que entende isso e deixa meu potinho de almoço escondido. Eu finjo que não a vejo esconder e ela finge que não me vê olhando atrás da árvore. Na Páscoa é igual. Não, na Páscoa é diferente, ela esconde os ovinhos menores no quintal, sem a gente saber onde, e a gente procura, com fé de romeiro criança, e encontra. A gente não acha todos e o mistério segue até que um dia alguém esbarre em um, por acaso. E ela sempre esquece onde escondeu alguns. Parece eu quando guardo os nomes das músicas e compositores que vovô toca e sei decorado, pras pessoas poderem ficar sabendo. Sempre é um lugar muito simples de encontrar. Falar é fácil.

Os adultos não sentem minha falta, eu almoçando aqui nas plantas, estão lá perfeitamente irresponsáveis, como fazem, aos domingos, as pessoas do horário comercial. Ao mesmo tempo, uma netinha e filha e sobrinha bem alimentada e saudável ninguém vai deixar de ter por causa disso, graças à minha gloriosa avó e seu glorioso arroz.

Quintal bom, nesse friozinho de junho melhor ainda, quente cremoso de canjica logo mais, de noite. São João que é só daqui a vinte dias, mas já comemoramos com comidas boas. Comer é bom, sempre vou gostar de comer, eu prometo. Pé de jambo, me aguarde fazer a digestão! Serás meu, na base de cada fruta dessa, cada galho ultrapassado até a parte de cima da cumeeira arroxeada dessa época. Chão bom escuro e molhado, com as flores claras de jambo, tapete cor de rosa magnífico. Eita, cheiro de chuva bom!

Que meleca é essa no meu pé? Grudou foi tudo!

Minha gente, acredito não, é um ovinho de Páscoa que vó esqueceu onde tinha enterrado, vestida de coelha! Vestida de coelha não, sendo coelha! Sendo a própria Páscoa!

Vó!! Achei o ovinho!

# Elixir de formiga

Teve um dia que eu quis fazer uma surpresa pra vovó Mina. As plantas dela eram sempre lindas, e eu e minha amiga, a vizinha — que tinha um cabelo lindo, que dizia que passava óleo por segredo de beleza e aí fui imitar e o meu só ficou oleoso mesmo —, a gente de vez em quando brincava de fazer elixir pra matar formiga. Esmagava bem esmagadinhas, com pilão de tempero, umas papoulas vermelhas e misturava um pouquinho de álcool. Virava um venenão de formiga parecido com sangue, e cientistas no quintal, em estado de glória, derramavam nos buracos das saúvas. Diz a gente que as formigas morriam lá dentro, mas vai saber, pode ser que já não tivesse ninguém lá, que tenham saído todas e na volta acharam que os deuses encheram suas cavernas de vinho.

A surpresa, pra minha avó, primeiro foi eu ficar bem cheirosa e com o cabelo arrumado. Arrumado era só perfumado e com uma fivela, ela sabia que meu máximo de organização era pregar uma fivela no cabelo, não tinha muitas expectativas. Cheirando a rosa, me embrenhei no quintal pra arrancar uma flor pra ela. Ela adorava flor, era a coisa que ela mais gostava, um dia até aprendeu ikebana, fazia uns arranjos muito lindos com um negocinho de ferro parecendo um ouriço, que deixava embaixo do vaso pra segurar as plantas.

Eu tinha que escolher a mais bonita, mas era difícil, todas eram lindas, umas com muito cheiro, mas a maioria mais ou menos cheirava, era mais a parte da beleza mesmo que ficava destacada. E a sensação de fazer a natureza ficar viva e seivosa, isso também era destaque. Eu tinha que ser rápida, a qualquer momento ela ia chegar e o presente já tinha que estar no quarto. Eu não ia saber fazer um arranjo, mas o quintal sabe, uma flor só já ia valer feito buquê, mas tinha que ser a mais bela do campo, que campo, assim parece que eu tomei o elixir alcoólico de formiga, é no que dá ler história de princesas cor-de-rosa.

Bem do lado da árvore grandona da frente, que é na calçada, mas as flores todas pendem pra dentro do jardim, com os tomates do lado direito e o canteiro de dente-de-leão à esquerda, tem uma planta menor, com um xaxim, que naquela época podia, com ela, a flor mais bonita, a escolhida, nenhuma representava melhor minha vó, uma flor mais linda de todas, com uma cor maior e mais umas três cores pequenas por dentro, com as pétalas pintadas feito uma oncinha, rajada de contrastes, um diamante vegetal. Fez um barulho agudo quando quebrei o canudo verde dela, o caule fino que soltou uma aguinha, ela pomposa, bem dizer uma rainha, filha única do pé e da casa inteira. Pousou-se num copo bonito que ficava enfeitado em alguns domingos e esperei vovó chegar.

Eu achei a vida inteira que tinha levado uma surra, mas minha mãe me explicou que vovó jamais bateu na gente, eu devo é ter levado um esporro dos infernos, que foi tão fundo que doeu feito roncha de quem levou uma pisa. A tristeza e a raiva dela acho que se chocaram muito forte com meu amor embriagado de neta, assim, de frente, feito caminhão esmagando bicicleta, e a vontade de dar pra avó o presente mais bonito do mundo. Nesse dia, aprendi que jamais se deve arrancar uma orquídea pra dar de presente pra dona dela.

— Orquídea é parasita, amiga, pense por esse lado pra aliviar.
— Nada vai aliviar minha culpa.

— Isso não é culpa, Mainá, é a memória da tristeza de ter levado uma surra de palavras da sua avó. E tem outra coisa, claro que tinha e tem seu amor enorme, mas tinha vaidade também, você queria ser a responsável pelo presente mais belo que caísse nas mãos dela pela vida toda. Quis dar uma pavonada e deu ruim.
— De pavão?
— Acho que sim.

# Vassoura e ladrilho

Dando bom dia pra minha vontade de continuar dormindo e varrendo o dia seguinte da festa. Ressaca que as pessoas têm na segunda-feira, que nem carece de álcool, que se espalha pelo ar da casa, a geladeira um pouco azeda do que sobrou do outro domingo ainda e que não tive coragem de tirar antes do amontoado de bichos pequenos, algodões-doces coloridos em colônias, puro mofo gelado.

Os mais velhos e os bem novos da família acordados cedo, adolescentes em geral dormindo ainda, pesado feito bois, pode gritar quanto for, tocar a campainha, bater palma, uivar, bradar os nomes deles com todo estouro da veia da garganta, só irão acordar com o cheiro do próximo almoço. Não sei como cabe tanta cara de pau, tanto sono.

Essa vassoura de pelo, ela pega dois ladrilhos de cada vez, me fazendo concluir minha gincana pessoal da faxina antes que todos acordem, na metade do tempo que se usasse a outra. Em cada ida dela lambendo o chão vai despregando o grude aos poucos, a massinha de ácaros com resto de comida, poeira de pele de humanos viventes passantes, um ou outro micropedaço de asa de barata, mosquitos e cabelos, fios finos e lisos fazendo fitas compridas meio foscas, metade oleosa e escura, metade seca e amarela, fios crespos e grossos fazendo bolinhas brilhantes, espirais infinitas e castanhas, outros na mesma forma e vermelhos, fios curtos e ondulados, meio marrom-acobreados, última tintura em dia. Uma gordura pequena no chão e uns pingos de água acabam com a fluidez da minha receita.

A música poderia estar mais alta, mas não quero acordar a juventude. Tá uma massa nojenta agora, e por que eu inventei de usar na cozinha a vassoura da sala e dos quartos? Preguiça de achar a outra, sem dúvida, naquele momento em que a gente se sente idiota porque a sabedoria humana já ensinou. Confiasse, não precisava inventar essa roda. Odeio quando caio em armadilha prevista.

Agora é balde mesmo, desinfetante, aquele que quando a gente cheira a folha da árvore não gosta porque ela tem cheiro de desinfetante, coitada da folha, nasceu primeiro, o cheiro é dela, mas sequestraram e agora não tem mais jeito porque a mente humana já assimilou assim, é injusto, mas é como funciona a vida, ela nunca foi justa mesmo e o caso da folha sabor desinfetante é só um detalhe inócuo. Essa palavra, quem gosta dela é meu pai. Inócuo e profícuo.

Um chão lustroso, pronto pra estragar de novo na próxima meia hora. Assim acabo da cozinha a parte de baixo, minha teimosia me coloca sempre de trás pra frente, em vez de começar pelos pratos e finalizar com chão brilhando. Agora vamos pra cerimônia do lava pratos, gosto intensamente dessa parte — acho que é por isso que deixo por último, esponja desengordurando a louça, bolinhas translúcidas de óleo estourando na espuma, cheirinho falso de coco, com o chão já perfumado — e mais ainda porque quase ninguém gosta, assim me largam sozinha por um tempo, a solidão da água batendo na louça lavada. Os pingos de água fria no chão limpo.

Meu pensamento limpo igualzinho aos talheres novos, reluzentes por enquanto, se jurando prateados da prata mesmo, refletindo orgulhosos, tendo servido de bengala pra gargalhadas de bocas cheias e remédio pras barrigas insones. Todos acordados, alguns como recém-nascidos preguiçosos, mais um dia comum na nossa novela tropical.

# Circo do fogo

*Lágrimas secando rápido*
*colando gosmentas*
*como folhas gordas de seiva no sol*
*se estás no caminho, atente*

Esse barulho atrapalha meu choro, me desconcentra do principal. Não tenho a menor ideia do motivo de essa coreografia militar ser feita agora aqui, por que soldados a uma hora dessas? Foi o circo que a gente veio ver, depois de tanto tempo desejando isso. A ideia aqui é enxugar lágrimas de finais, respirar com força, sugando o oxigênio todo que o vento fraco puder prover, ver desfile colorido, rir de besteira, comer pipoca doce, que o carrinho vem guiado mesmo em dia sem ingresso à venda, como um dos números principais, podendo dizer sempre que, sim, hoje tem espetáculo, mesmo o circo fechado, basta um dia de tarde sem chuva e pronto.

É botar alfazema no cangote depois de um banho gelado, trocar sete vezes de roupa até achar uma que assente no quilate certo e bater o portão de ferro na saída, que nem em filme quando a pessoa sai com raiva de casa, só que sem raiva, na direção do pipoqueiro, pleno, buzina estridente de metal e borracha vermelha velha.

Agora aqui estou, na frente do cemitério da cidade, esperando essa parafernália acabar pra me enfiar debaixo da lona, tudo vazio, só eu, arquibancada e um pouco de papel picado da última sessão, a ser varrido antes da próxima. Desfile de soldado. Toda pronta, perfume já, já evapora todo e aqui nesse muro, só vendo a andança dos outros em vez de participar do meu.

Oi, Jole, você está aí? De novo fotografando os parentes do morto, isso não vai prestar. Não se lembra? Muito choro seco, molhado, maquiagem borrada, risadas desconexas, catarro e tristeza, é isso que brota aqui e que é pra morrer aqui, não pra registrar na chapa. Já te xingaram numa pauta, nesse mesmo cemitério, no enterro do pessoal da casa que caiu na barreira, nunca esqueço do que você me contou. Agora está igual, é outro dia de caixão descido, qualquer notícia sobre culpados é em algum outro lugar. Pelo menos vire sua câmera pro outro lado, Jole, você vai encontrar foto por ali também, tem escultura bonita, feia, tem denúncia, se quiser mandar também pro outro caderno, é cova que os próprios parentes têm que cimentar, por falta do serviço, pessoal de greve, sem condições dignas de trabalho. Eu sei, é muito assunto. E isso porque você ainda não viu que o circo não abriu e que lá fora tem desfile militar.

Você pode também mirar a câmera pra você, de cima pra baixo e do chão pra cabeça de volta, ver o que revela e o que queima. Por favor, não me faz ter que elaborar melhor qualquer coisa pra falar pra esse povo todo, nesse berreiro que dói, porque é isso que vou ter que fazer se eles vierem te expulsar, porque vou ficar do seu lado, só preciso de um auxílio de sua boa vontade.

Sua figura, segurando esse telescópio, com certeza está fazendo sombra no homem rezando de chapéu, dê meia-volta enquanto o cortejo passa, aproveite que não é culpa sua, a procissão vai abocanhar a gente em poucos minutos, é até uma maneira de sair discretamente. E lá tem tanta reza quanto aqui, mas sem ter morrido ninguém, leve, tranquilo. Bom, você decide. Vou pro meio do desfile, quero mais nem saber, procura de ar pro respiro, sentada aqui falando sozinha não ganho nada.

Ainda os homens marchando, bem que só estipularam hora pra começar. Queria que essas pessoas se assustassem, não faz o menor sentido elas acharem normal. Era a hora do palhaço, o canhão com bolas de borracha pra acertar no alvo, a tuba vinha logo atrás e derrubava tudo no meio da graça, porque ele conseguia se estabacar no chão sem machucar a bichinha. Todo mundo segurava a respiração durante a queda, nem um arranhão nela. Mesmo quem já conhecia o número, pra relaxar, murchando os pulmões, na palhaçada final e comemorar o instrumento intacto, a música altíssima a essa hora, todos celebrando a existência da tuba, do tubista e do palhaço do circo.

Queria isso tudo de volta agora, não pode ter virado passado. Esse chapéu do sujeito que está na sombra sem precisar, ele me ajudaria no disfarce simples, pra não ter que soltar um monte de bom-dia e desenrolar conversas e o pessoal descobrir que não sei conversar, muito menos decepcionada desse jeito. Não tenho curiosidade pelo próximo, qual o emprego dele, quantos anos tem, onde mora, só respondo às perguntas, como numa entrevista. Não é falta de interesse, eu acho, é meu jeito.

Mas o circo não ia chegar agora, finalmente? Ouvi esse boato mais cedo, não era oficial, mas se espalhou. O que tem no gene da farda que precisa atropelar, chegar passando por cima de tudo e entupir uma ideia planejada com tanta antecedência, sufocar o impulso, pausar o cortejo antes mesmo dele começar? Vou me abaixar aqui, me acocorar encolhida, eu estava pronta, não quero ter essa história pra contar. Tenha certeza de que ninguém vai me ver mais aqui hoje.

Acho que parou o relógio, pausa, parece foto nossa em preto e branco, mas não me vejo nessa cena. Nem vejo vocês. Daqui a meia hora encerra o tempo reservado pro espetáculo que nunca começou, esquetes novas canceladas na estreia da estação primavera, na porta da cidade mesmo eles ficaram, sem entender por que de cerca, de multidão desse tamanho se não era pra eles, de sirene.

Deu por hoje de gente, é pegar a ponte e desaparecer. Até a chegada em casa é melhor em dia de circo, falar de novo do erro dos palhaços clandestinos — sempre tinha uma cena com convidados novatos, que acabaram de se descobrir engraçados — bem na hora que eles tentam acertar o final e que acaba virando a melhor cena de todas. Ainda assim é bom estar em casa, mesmo com cara de nada. Não viu espetáculo, mas está inteira, viva, com um telhado em cima.

A construção é grande demais, não é a minha nem a sua morada definitiva, é só por uns tempos, e isso parece solidão, mas quem dera. Esperar passar, soltar o ar, música dos malabaristas não tem agora, nem vai ter de noite, sabe deus se amanhã, caso recolham as cercas da entrada da cidade, sequem os barulhos dos alarmes, ofusquem os fachos das lanternas, nervosas mesmo de dia, luz pra intimidar, que nem a sombra do fotógrafo no homem do chapéu.

# O Carro

Preciso de estratégia. E não é nem por mim, meu caso é fácil de resolver, é pra proteger quem vai levar um susto. Queria um conselho, obis cortados avisando, um I Ching, bilhete da sorte, biscoito chinês, qualquer coisa que me trouxesse alguma lição de ajuda. Não, não é ajuda, é alguma coisa que me ligue o motor, me mostre a coragem de agir, me empurre, me compre, carregue e ligue a bateria, porque travo o tempo inteiro no intento. Não por esquecimento, carência de vontade, é alguma coisa no impulso, na falta dele. Tem dia que acordo pensando na hora de dormir, vontade de nem desligar o ventilador, pra ele saber que volto já, só vou ali rapidinho viver mais um dia.

Uma carta no chão? Não está no roteiro isso, está? "Madame Rosa". Ela deve ter ouvido meus pensamentos, não é possível. Eu acredito em tudo, mas nisso não. Deve ter gente contratada pra contrariar os transeuntes ali antes da esquina e aí entra todo mundo meio zonzo nessa rua, a mente apertada, chutando as pedras e, do nada, um cartão que vai destrinchar tudo, solucionar o destrambelho e limpar o nervoso de cada molécula dessas sensações fora de órbita.

Eu devo ter pensado alto desde o começo da rua, melhor acreditar nisso do que nesse excesso de conexões e teorias. Mas, pra tirar a dúvida, vou ter que ir lá. Avemaria, não é lá, é aqui na frente, a casa da mulher é cor-de-rosa, não é possível, dona Rosa.

— Boa tarde, queria falar com dona Rosa.
— Madame Rosa?
— Essa mesma.
— Sou eu.
— Oi, sou eu também, Mainá, meu nome.
— Nome bonito, significa…
— Já sei, minha mãe me contou, vamos pular essa parte.
— Srta. Mainá que não quer saber mais sobre seu nome, dormiu bem hoje? Se começar me tratando desse jeito, nada feito.
— Desculpe, senhora, madame. Desculpa mesmo, não sou assim normalmente.
— E o que aconteceu pra ficar assim hoje?
— Fiquei nervosa porque preciso de um conselho, uma ajuda.
— Não ofereço nem ajuda nem conselho.
— Que ótimo, eu também não quero. Mas, na hora que fiquei agoniada, pensei nisso e achei o cartão da senhora bem na frente da sua casa.
— E o que você quer então?
— Queria tirar uma carta.
— Pense na sua questão e embaralhe.
— Tiro?
— Sim, reparta em dois montes e tire.
— Acredito não!
— Qual a carta?
— O Carro.
— E você conhece essa carta? Me diga então, vamos começar, porque os cavalos e o homem no veículo estão olhando pra esquerda?
— Eles estão olhando pra direita.
— Então nossa consulta inteira vai ser na base do desafio?
— Não, dona Rosa, não é desafio, mas veja que eles olham pra direita deles. É a nossa esquerda, mas se queremos analisar eles, o ponto de partida não deveria ser o ponto de vista deles?

— Parabéns, senhorita, está contratada. Veja só, vamos combinar assim, você volta agora pra casa, reflete sobre a vinda e a volta, anota o que tiver que anotar e marcamos outro dia pra sua consulta? Acho que, se você não é desafiadora como parece ser e diz que não é, você precisa de um tempo vazia de assuntos. Vai ser bom pra mim também, não estou num dia bom.

— Está bem, concordo, vamos fazer assim, Rosa.

— Madame Rosa.

# O vulcão

Fenômenos naturais. De novo, na hora que eu preciso sair, começa a tempestade.
— Tempestade.
— Tempestade sim. Uma chuva que, se você não usa guarda-chuva e capa, você se molha toda é tempestade.
— Qualquer chuva molha, mulher, foi chuva, molhou. E por que você está se achando tanto que a hora da chuva cair é determinada pela sua saída de casa?
— Está bem, mãe, também te amo, vou nessa.

# Parada de ônibus

— Mainá, vi um documentário hoje sobre um vulcão que estava inativo, o povo fazendo churrasco, pagode, meditando, bebendo, andando de skate, e de repente o bicho acordou e matou todo mundo, pra mais de cinquenta e sete pessoas. Vão fazer um filme.
 — É o quê? E desde quando um vulcão mata alguém, Mariano? Desde quando um vulcão se importa com pessoas, com piquenique? Pra ele tanto faz se tem gente ali e diferença nenhuma se meditando ou comendo. Um vulcão é força da natureza, só por acaso é bonito pros olhos da gente, e também tem gente que nem acha bonito, é um poder muito maior, mas que a gente pode também ficar besta com a beleza. E essa beleza toda não se importa com a gente, a gente é o maruim do vulcão.
 — Sim, uma beleza muito bela, mas que pode também te matar, muito antes da hora que você precisaria ir.
 — Um vulcão não mata ninguém, ele só ferve, cospe e vomita fogo em forma líquida, com pedras ferventes no meio, laranjão e vermelho, se tiver alguém embaixo que se lasque, ele passa com tudo e diz até que fica a sombra do ser humano. Ou isso é bomba atômica? Um dos dois, ou vulcão ou bomba atômica, é tão rápido que fica a sombra da pessoa lá. Acho que bomba atômica fica a sombra e vulcão fica a estátua carbonizada. Sim, é isso, quem estiver embaixo vira escultura de cinza dura.

— Como assim, velho?

— Assim, desse jeito, a gente não é tão importante. Imagina que viagem, você achar que um vulcão vai te matar. O Vulcão Assassino, o nome do filme que vão fazer, que nem Baleia Assassina, que ego!

— Você está estranha hoje, viu, Mainá? Vou nessa.

— Espera! Vai pegar o ônibus que desce mais longe só pra não pegar o mesmo que eu?

— Pra você ver como a senhorita está agradável hoje, excelente companhia.

— Tá bom, eu fico quieta, falo nada, não dou opinião, muito menos incluo no assunto coisa de que não tenho certeza, como a sombra da bomba atômica, sem polêmicas sobre o vulcão serial killer, sem levantar tom de voz, nada disso, só harmonia, paz e sossego, juro. E ainda te ofereço um pedaço de bolo de fubá creme que minha mãe fez.

— Aceito.

— Claro, esse bolo é perfeito pra encerrar brigas.

— Eu não estou acreditando! O truque do bolo de fubá de novo, agora que liguei os pontos!

— Nosso ônibus, vamos?

# De paraquedas

*Pela falta de perseverança*
*as aves boiaram no ar*
*uma ventania forte*
*subiram muito mais que o planejado*
*sem perceber*
*e assim chegaram mais rápido*
*sem querer*

— Oi, moço, meu nome é Mainá, caí de paraquedas aqui no meio dessa rua, ainda bem que ele abriu, não estou reclamando disso especificamente, só do erro do alvo mesmo, mas não estou entendendo nada, meio zonza e sem reconhecer esse lugar.
— Você tomou o quê, criança?
— Não entendi, moço.
— Que tipo de álcool ou droga você ingeriu?
— Tomei nada não, moço! Estou falando sério, calculei pra descer na cidade grande e depois ir pro outro lado, pra sair um pouco da casa da minha mãe, aventuras que as pessoas fazem e que eu achei que seria possível, mas estou quase desistida. Não sabia que a cidade era assim, sabia que era grande, mas isso aqui é totalmente diferente do que ela falou, que ia ter um rio do lado esquerdo, nesse lugar eu pegaria um trem, depois um ônibus e no fim uma balsa, até uma casa no meio do mato, longe dessa profusão de transportes. Falei que caí aqui e ela já quer encomendar coisas porque diz que nessa rua tem de um tudo.
   Entendi, você não quer me ajudar, obrigada.
   É isso, aqui estou eu, com essa bosta desse paraquedas pra carregar, pesado feito um cancro, no meio dessa avenida agoniada, sem ter a menor ideia do que vim fazer aqui,

nem por que, danado, o destino me mandou pra cá. Jesus, me avisa, tá lasca!

Vou andar até o fim da alameda de lá por um lado e voltar pelo outro, ver se capto a charada porque não é possível que não faça sentido, pé depois outro no quadradinho, tem que caber o sapato todo, pisa o direito, pula um quadrado e carimba o esquerdo, dá certinho nesse ritmo até completar tudo. Essa perna de cá é teimosa, tá ali certinha, de repente perde a cadência e o pé cai no quadrado não, para e respira, continua, quadrado sim, quadrado não, quadrado sim, quadrado não, quadrado não, pera, perna errou de novo! Inspira, expira, acalma, isso, é só uma lajota no chão, não liga, agora acalmou? Pronto, hora de resolver a roubada em que se meteu.

É zoada, é carro que não acaba mais, quero ver achar a concentração pra ver como resolvo. Por que meteram esse povo tudo numa rua estreita dessas, será que não tinha outro jeito de diagramar o trânsito? Com certeza tinha, quero saber quem é esse prefeito. Puxa a cordinha, volta, Mainá.

Acho que a primeira coisa é dar esse paraquedas pra alguém, ou bem melhor ainda, posso vender. Mas quem vai comprar um paraquedas de uma menina, ainda mais sujo, todo amassado, que eu nem sei dobrar, bem que devia ter feito o curso que dona Argélia quis me dar, de dobrar lençol de elástico. Posso vencer no argumento de que ele é de qualidade superior. Ele abriu, estou vivíssima, mesmo tendo enganchado no poste. E, olha, sou apenas uma criança, qualquer um aprende a usar, não tem mistério, só segurança mesmo. Eu não preciso explicar pras pessoas que caí no lugar errado e nem vai ser corrupção, até porque isso foi erro meu e não do paraquedas. Não só por isso, mas porque se eu disser que errei no cálculo perco minha credibilidade de vendedora. Que credibilidade? Altos delírios.

Eita, nessa loja deve ter o trocinho que minha mãe queria, o negócio de amarrar a parte de baixo do lado esquerdo da torneira do tanque pra ajeitar o jato d'água, em alemão deve dar pra dizer isso numa palavra só, e não molhar tudo em cima da estante do lado, nem ficar aquela mofadeira no lugar de guardar os entulhos do lar que, sim, um dia ela vai precisar, está vendo que foi bom ter guardado esse aramezinho e essa telinha? Tem que agradecer que eu guardo tudo, um dia a gente sempre precisa, se eu não tivesse guardado ia ter que comprar agora um rolo inteiro de tela, gastar a maior moeda pra usar só um pedacinho.

— Mãe? Atende! Oi! Achei uma loja que tem aquele negócio que você quer pra ajeitar a torneira do tanque.

— Desisti, filha, vou mudar tudo. Vou tirar a estante dali e tirar aquela parte do telhado pra ver se bate sol.

— Mas ali não bate sol mesmo, mãe.

— Sei lá, pra ver se bate céu.

— Mas você sabe tirar telhado?

— Modo de dizer, criatura, vou mandar alguém tirar.

— Mandar, mãe?

— Pedir.

# Dona Militana

*Açúcar no baralho*
*polvilhado nas cartas*
*tiradas de jeito simples*
*na hora certa*

Eu quero sair daqui, é uma grande certeza. Dessa cidade, desse planeta, desse corpo, qualquer ultrapassagem de fronteira eu aceito. Levantar essa carcaça seca, com a força toda dos braços, e sacudir longe, treinada no maior impulso, sair desse invólucro, esse casulo vivo que às vezes parece que não. Quero esticar a coluna vertebral, depois alongar em torções, pra um lado e pro outro, um espiral agora vivo, lagarta fingida de pessoa, uma cobra virada em arco-íris com uma curva imensa emendando o céu com o chão, estralando tudo até trocar de vez de casca e descansar na esteira, rodando a Terra inteira debaixo das folhas, quartinha de omin fria, o puro luxo do precisar de pouco. Muito, do tipo que não é demasiado. Axé.

Queria ir pra uma cidade tranquila, uma paisagem de praia ou rio, só com bichos, sem gente. Na parte da cidade que tem as casas vai ter gente, não tem jeito, mas então queria praticamente só conviver com os velhos por esses dias, interagir com adultos jovens, crianças e adolescentes só depois, por enquanto férias dessa demanda. Sim, eu me enquadro num desses grupos, férias de mim também, claro, só silêncio e banho de riacho.

Vou entrar na fila mais vazia, que talvez indique um destino mais tranquilo daqui a uns anos. Ficar longe do jugo, adulta, vou querer um tabuleiro de damas, um vinho doce, um baralho pra botar carta pras mulheres da vizinhança. Essa parte já é a do agito, mas pelo menos fico sentada na cadeira, quem faz o frege não sou eu, mas a cabeça delas, com desconfianças de uns, dúvidas entre as possibilidades, o caminho mais longo e tranquilo ou o curto e afobado, provavelmente percalços. Ficar só, do pó vim, um pó estou, ir só pra poder ressuscitar, tentar voltar num papel melhor, ser o alguém que guia a história toda.

Arrumar um prumo, qualquer um. Minha mãe se vira bem em casa sem mim, se fizer besteira é coisa pouca, um pequeno incêndio de panela esquecida no fogo. Um acidente grave de verdade acontece não. Bate na boca, por precaução.

Chegada na casa do lugar tranquilo vou, em primeiro lugar, botar no portão uma placa advertindo alguma coisa que ainda não sei o quê, mas uma placa é sempre bom pra impor limites, é quase como um contrato, até mais, contrato não vale muita coisa, vovô dizia que bom era no tempo da palavra. Também gosto do tempo da palavra.

No muro posso já escrever Dona Militana, pra quem não sabe, meu codinome de cartomante, aprendi que o certo é ter um codinome pra não misturar as coisas. As coisas se misturam de qualquer forma, mas é uma tentativa, e também posso me livrar um pouco do peso de previsões erradas que eu possa fazer.

O recado na placa pode ser "não me pergunte do amor".

Pronto, agora é só pintar a placa. Que placa? Não tenho placa, preciso comprar uma placa em branco, de metal ou qualquer plástico, plástico não, qualquer cor, pode ser transparente, onde vende placa? E ainda comprar tinta e provavelmente verniz, vai sair caro não falar de amor.

Vou fazer de papelão mesmo, e troco a cada chuva. Caso chova e eu não perceba, alguém há de tentar ler a placa borrada, não entender o que está escrito e, nesse caso, e apenas nesse caso, respondo a alguma pergunta de amor.

Sim, as perguntas sempre começam por esse tema, é impressionante a força que ainda tem o subjetivo da princesa adormecida.

Por que tanta pergunta sobre amor, vizinhas? Que mania! No fundo a gente nem sabe o que é isso direito, e aí falta assunto e o tema faz a volta na nossa direção, lá vem ele de novo, o amor. Mas vocês têm razão, vizinhas, é muita dúvida e vou acrescentar mais uma: por que os vizinhos não têm tanta curiosidade sobre esse assunto? Os homens, dessa cidade pelo menos, quase não aparecem no portão pra perguntar o que os astros dizem sobre assunto algum, muito menos amor. É certo que os poucos que aparecem também jogam na minha cara, e na primeira pergunta, que eu estou errada no conceito, embora correta na matemática. Minha cabeça está frita, sem respostas.

Vou jogar as cartas pra cima e do jeito que cair eu leio, minha corrente cigana do astral, me dê a permissão e intuição. Eu podia acertar botar carta pra mim, mas não consigo porque trapaceio. Anotei bem direitinho aqui "descobrir o motivo", mas é bem certeza que não vou entender o que eu quis dizer quando ler no futuro. "Descobrir o motivo." Motivo de quê, sua louca? Motivo da trapaça, pronto, agora dá pra entender: "descobrir o motivo da trapaça".

É a campainha tocando, claro, exatamente nessa hora de desânimo profundo com os interesses das pessoas e descobrindo que a questão não são os interesses delas, mas a falta de interesse meu. Bem agora, a correnteza indo pra um lado e o vento pro outro, que a gente olha e não sabe pra onde vai arrastar. Bem nessa hora confusa e sem vontade, bem agora mesmo.

— Madame Militana?
— Pode chamar só Militana, madame não, pelo amor de deus.
— Está bem. A senhora...
— Pode retirar o senhora também.
— Por favor, tenho urgência, se até pra descobrir como te chamar é esse tempo todo!
— Desculpe, senhora.
— Senhora não, dona Neuza.

— Dona Neuza, pelo amor de deus, me ajude a te ajudar!
— Está bem, eu queria saber sobre meu marido, se ele...
— A placa borrou.
— Oi?
— Nada, pensei alto, tirei o bilhete premiado, vamos lá, o que exatamente você quer saber sobre seu marido?
— Queria saber do amor, se ele ainda existe, estou confusa, mas preciso que você seja sensível e não me dê notícias ruins, só as boas, por favor.
— Dona Neuza, eu não sei trapacear pros outros, só pra mim.
— Poxa, então tá, vamos seguir assim mesmo, mas tente pelo menos ser jeitosinha na hora de dar notícia ruim.
— Que fixação por más notícias, dona Neuza!
— É que uma vez fui na astrônoma...
— Astróloga.
— Sim, na astróloga, e ela falou que em abril ia aparecer um amor pra mim, perguntei "moça, que abril?", "que amor? Eu sou casada!". Ela disse "casada? Pois esse casamento não aparece aqui não! E, olhe, não aparece há oito meses". Eu até que segurei, nem me baqueei tanto, falei "está certo, era pra não aparecer há mais tempo ainda". Mas treine outro jeito de contar as coisas, por favor, ninguém é de ferro não.
— O.k., dona Neuza, o.k., caiu da minha mão uma carta e nesse caso é preciso considerá-la. Dona Neuza, foi a carta do Caixão.

# A rua errada

Aquela rua errada, que era a certa, com o nome certo, mas errado só porque era novo demais pra mim. É simples agora, mas na hora fiquei desnorteada, achando que tinha dobrado a esquina pra outra dimensão, ou morrido e não sabido, deu medo, como assim aquela rua não era ali? Claro que era! Ela sempre esteve ali!

Eu poderia andar aquele pedaço inteiro da cidade de olhos fechados, de verdade, já tinha treinado muito com Fábia. Quando a gente era pequena, a volta da escola eu fazia com um lenço vendando os olhos e que terminava trançado junto com o cabelo, só tirava em casa. Fábia, a rainha das dobraduras minúsculas e dos mapas, mestra das direções da cidade, que sempre dividia as imagens que se formavam na frente dela sobre coisas que apareciam instantaneamente pra mim. E eu contava pra ela dos meus sons que chegavam depois, das consoantes que eu não escutava, das duas músicas que eu ouvia por vez, dois tons, tudo duplo, no lucro, dos diálogos que eu ia tecendo por dedução. Criávamos cinema mudo e sonoplastias delirantes nos melhores horários, antes de todos acordarem, depois de irem deitar. Meu pé ainda se lembra do chão, a temperatura até, cada pedaço da cidade com a sua, cada cratera ferindo diferente da outra. Saudade de Fábia, não sei quando a gente se soltou, vou propor o grude de novo.

Fazia uns anos que eu não passava naquele pedaço. Isso fez muita diferença, eu ainda teria que me acostumar com outras coisas além de ruas trocadas. Mas a descoberta foi só depois.

Não fazia sentido, eu obedecia ao desenho do trajeto todinho! E ainda por cima caía uma tempestade. Chovia de um jeito e parecia que eu nunca tinha visto assim. Mas tinha. A prefeitura trocou a luz bonita do poste. Botou uma nova, de um azul frio, azul-horrível deve estar escrito na lata. A outra era de um amarelo detonado, amarelo-ferrugem, o poste escangalhado nas bordas, beleza legítima de um poste, um calor bom que dava aquele tom, cor de passeio de praça da cidade que não existe mais, só aquela luz e o nome antigo da placa na minha cabeça guardavam o segredo.

Pedalei uns trinta quilômetros, não estou exagerando, mas pode ser que sim, que minha agonia com aquela rua desaparecida tenha aumentado a quilometragem na sensação. Ali era bom, aquela brecha graúda no centro do tempo, furo no vazio, buraco que vai dar em outro lugar, uma flechada gigante varando o céu, lá no muito mais alto do mais em cima e parecendo rente ao chão, infinitando o horizonte até rasgar, abrindo um pedaço na base do relógio, um jeito todo pessoal de ser sendo, estar estando.

Apesar de que eu ia chegar atrasada, ia perder tudo, os planos, todas as porcarias que tinha combinado com aquelas pessoas que nem sei por que eu dava tanto valor. Aquela chuva pesada caindo me deixava mais no conforto, admirando e assuntando, me enchia de vontade mais do que qualquer um ali no lugar do destino final, que ainda por cima tinha um jardim feio, organizado demais.

A água na cara é pouco, a água em todo canto, o cabelo chovendo, o vestido vazando, a memória derramando tudo de volta, te vira aí, é tudo seu, a roupa colada e transparente, os relevos adornando, a velocidade total, porque todo mundo precisava pensar que eu estava com pressa, pra não acharem estranho. Eu não me incomodava com o que as pessoas iriam pensar, se é isso que você pensa. Mas as pessoas, se elas não prestassem atenção em mim, nem me vissem, de tão banalzinha na rua ex-esburacada, tudo ficava muito melhor. Então era uma carreira destrambelhada, pressa translumbrante, mas reta no guiar do veículo bípede, marra semiprofissional, com a roupa grudada, um certo aperreio, já que atrasada, mas que coisa boa sentir aquele frio ali, só eu e minhas águas derretidas. Eu e minha vontade de levar falta. Eu e minha maravilhosa socialização interrompida, que dupla!

Passada a alucinação, momento de tentar solucionar. Amarrei a bicicleta numa pilastra mais escondida e peguei o ônibus. Nessa hora pensei na aprovação alheia, mas de novo por motivo de querer seguir invisível. Fingi que nada de água, não tentei arrumar nada, pra aparentar calma, parecer tranquila. É uma falta de preocupação muito parecida com preocupação.

Queimou a parada. Não, nem foi isso, na última viagem do sábado era esta a regra, não entrar naquela outra rua, porque tinha muita farra e bebida e sempre dava ruim, parece, e aí então nesse momento aquela parada não existia mais, não tinha chance de fazer aquele trajeto, fiquei meio tonta, meio não, bem mareada, eu era dona daquele movimento na minha lembrança e de repente nada mais me pertencia, eu era uma estranha na minha própria cidade. Não sei por que isso teve tanta importância, mas foi isso, só um atalho que o ônibus fez, diferente do que eu estava acostumada, e derrubou meus planetas, um godzilla de sensações que abateu todo o resto, acabou com minhas noções de normalidade pra tudo, muito além dos mapas e itinerários, aniquilou minhas compreensões, sim, um exagero, em pouquíssimos minutos.

Tudo ali era eu também, não deixava de ser, nunca deixa. Até quem quer que deixe de ser, que tente esquecer, apagar o lugar por onde passou primeiro, onde chorou pela primeira vez, isso até mente que acontece, mas, quando vê, ficou tudo escondido, uma metrópole inteira incrustada num lugar na sua profundeza, e lá, em algum momento besta, vai aparecer por susto, numa situação qualquer, nada demais, como se não fosse deixar marca nenhuma.

Mas aquela distância fermentada pelo tempo que fiquei longe tinha cicatrizes, sulcos pelo corpo do ciclo, rugas nos atalhos. Eu transformaria em outra coisa, passaria a gostar disso e me acostumar comigo e meus lugares, as diferenças de um pro outro, do outro pro um, mas ainda não seria agora, será muito depois.

Não tinha escolha ali, nem pedir por favor moço pare aqui, nem eu conseguia mais fingir que estava muito tranquila toda encharcada e transparente, todo mundo já tinha me visto, eu não ligava, mas parecia que sim porque minha cara devia estar atônita, mas aquilo era uma bobagem, ninguém precisava ter essa reação que eu tive, tinha alguma coisa por trás, certeza que a fofoca dos trinta e quatro passageiros sentados, pois tarde da noite, era essa.

Uma coisa que era costume há muitos anos e eu, novata, estranhada, veio de onde que não sabe pegar o ônibus certo? O ônibus certo na hora errada. Bilhete premiado, de novo. Voltei pra casa molhada e achando isso melhor que qualquer outra opção, nem lembro quais eram as outras.

# Luta livre

Tropecei, não teve como, arrancou o samboco do dedo, trote de raio foi esse, passou que nem deu pra ver de que cor, ritmo cínico desembestado. Se embrenharam no mato e se atracaram pra só desencaixar horas depois. Voltaram esturricadas, roupas amarrotadas, o cós dobrado na bainha, o sutiã virado pra trás, todo desfiado de unhada, o vestido sem dar pra entender qual é o de quem, parece que tem pedaço de um no da outra, coisa esquisita, nem as estampas dá pra saber mais e é terra em tudo que é buraco da cara, misturado com batom e o negócio de passar no olho.

Daqui detrás dá pra ver somente os pés voando, Maria pra um lado, Jomena pro outro, uma segurando pela cabeça da outra, botando boneco, apertando o cérebro mesmo, e jogando sem pena, pedaço de cabelo voando nesse momento e tome trança riscando o céu.

— Ninguém acertou um soco ainda no focinho?

Oxe, porrada na cara, claro, murro no vento, chicote de cabelo nas costas, risadaria do lado de lá, todo mundo alvoroçado com a confusão, um bando de pulga empolgada. Muita risada também no setor de cá, não sei qual é a graça que tem mulher brigando pra esse povo, mas sei que tem e eu que não vejo onde. Se bem que é luta, no ringue, não é briga, mas mesmo assim, tem desculpa não.

— Bora, Mainá, viaja não! A narração, queremos a narração!

Aumentou foi muito a bagaceira, tumulto na plateia, vem vindo um poeirão, amigo, é mão que não acaba mais, punhos fechados nas costas, de dois em dois, na tora, cacete comendo, eita, covardia esse, pela regra poderia isso não, parecendo uma onda de mar de murros, marolão de violência, acho que não é mais luta mesmo não, tem limite, minha gente, isso aí já é presepada, das grandes.

Agora elas que estão rindo da plateia, entendo mais nada, virou uma coisa só as torcidas, buruçu tremendo. Distúrbio nível policial, pelo que dá pra ver, é o que vai acontecer ali.

— Eu nunca vou saber se a explicação está certa, minha versão vai ser sempre a que você falar, então capriche, porque está pesada no meu ombro, senhora.

Pois tome-lhe voadora na cara, chute na canela e barro borbulhando! Agora vai vir surpresa, Jomena cochichou alguma coisa pra Maria, eita a cara de Maria, eita que estão rindo de novo da bagunça. Saíram correndo, Hermo! Deixaram o povo brigando e foram embora!

— Eu não acredito não que acabou assim! Esperava mais dessa tarde fuleira!

# Todo dia ela nasce de novo

A flor do quintal na frente de casa. Todo dia ela nasce de novo, é a mesma. Não morre, só dorme. Acorda com o sol quente, bem escura perto do caule, vai ficando clara e leitosa na barriga, até o brilho no fim das pétalas quebrar a calma, cada dia de uma cor, às vezes duas juntas. Em dia nublado ela vem, mas não acende nas pontas.

Observei de manhã, de noite, de manhã de novo e já é segunda-feira outra vez. Ela me acompanha sem seguir minhas pernas, fico próxima por própria vontade, eu poderia simplesmente, na ida, sobrevoar da porta da sala pro portão e do portão pra porta da sala quando voltasse, como se faz nos sonhos, mas demoro, jogo água, ajeito a luz, a areia, a terra preta, a areia, o esterco. Tudo seria de outro jeito sem ela, se a cada dia fosse uma flor diferente não daria tempo, as conversas iam ser mais rasas, daria pra ver os pés através da transparência. Eu cuidaria ou do sol, ou da terra, ou da água, nunca de tudo, provavelmente escolheria a parte líquida. Na saída de casa, com as moedas pro pao e na volta o pão com o café, posso até diminuir o passo, tempo de só uma suspirada lenta, eita que linda, nasceu outra flor. Nunca saberia.

Essa casa me espanta. Tem coisa que se mexe sem ser gente nem bicho, cadeado que se abre sozinho e voa pro meio da sala, só eu na cozinha e mais ninguém de músculo e osso em casa. Queria conseguir filmar ele voando ou pelo menos gravar só o som pra ver se alguém acredita, mas tenho medo de quando eu for ouvir não ter nada lá, nem um petisco pras minhas orelhas, nem vulto nenhum pra minha vista comilona. E aí já era, como é que eu vou explicar pra mim que o que eu vi é mentira, que o que eu ouvi eu não escutei foi nada? Vou gravar não, toca passar manteiga nesse pão ou vai chegar atrasada no primeiro dia de aula!

Uma vida inteira detestando ser a primeira a chegar e chegando primeiro o resto da vida. Meia hora já, professora olhando pra minha cara, eu fingindo que não vejo, enfiada entre uma linha e outra do livro, mergulhada ali naquela tira branca, se ela me perguntar sobre esse livro já até esqueci qual é, meu nome a essa altura é molúria, sonolência, devia de ter dormido até mais tarde. E é bem nessa hora que chega o segundo aluno, revigorado de sono bom, cabelo cheirando a xampu doce, seguido de mais dez unidades desse produto estranho dentro de uma farda, que é o aluno de uns treze anos, e tudo se completa. Que estúpida eu não ter tomado café devagar.

— Hoje falaremos de poesia.

Meu deus, a professora é a mulher do cinema! Primeiro ela se comunica comigo de dentro do filme, sendo que ainda adivinhou que eu ia voltar pra assistir à sessão, quando nem eu sabia disso, eu só tinha voltado pra encontrar os dois na entrada e esclarecer minhas dúvidas. Será que isso aqui é uma peça, eu ensaiei, tenho o texto decorado e não estou nem sabendo? A professora está vindo pra cá, não posso enfrentar sozinha, fé na intenção.

Sim, professora, lembro do que me falou no filme, está tudo guardado comigo e vou cuidar de cumprir. Mas aí ela disse que nunca tinha me visto, que não sabia de que filme, de que cinema eu falava e que eu deveria consultar uma especialista em delírios, que isso nunca existiu — falou alto, a classe inteira ouvindo — e pode ser também uma forma de fuga. Uma forma de fuga dessa aula eu realmente queria arrumar. Na hora que a gente mais precisa dele, o delírio não vem. A professora atracou aqui. E agora fala o mais baixo que já ouvi alguém falar, o que também é estranho porque escuto menos que todos da sala e parece agora que só eu estou ouvindo. Meus ouvidos normalmente não me jogam assim pras feras, eles filtram as coisas com uma propriedade particularíssima, são exigentes, me protegem. Nada disso funcionou agora e só eu escuto o que ela diz:

O acaso profundo dos encontros te faz esperar não precisar de despertador, nem salva-vidas, nem travas. Trago umas bengalas como a minha e linhas com cerol, espero não degolar ninguém quando estiver sem controle do meu corpo, quando minhas mãos se recusarem a me obedecer, ou tiverem dúvida de como reagir aos meus comandos, um contrariando o outro, na mesma hora. Limpo minha mente com espuma de banho, deixo de molho por um tempo. No intervalo do trabalho quero café, chocolate e corda, quero refil de paciência, extrair a urgência dos bilhetes, deixar só o romantismo deles, no máximo. Quero linha pra bordado, trapézio e bola, cola, papel e sacola, música gravada na pilha. Não estou sozinha, aluna. Olhe ao redor, os meus estão por todo lado, por terra, asfalto, barro. Fiz uma casa de lama dura onde eles podem dormir se sentirem sono, não costumamos ter sono. Temos muita pressa, viajantes extenuadas, mas inteiras, lascados os encanamentos dos refúgios, inunda a passarela e o camarim dourado. Pintamos a cara com giz, carvãozinho e verniz pro acabamento, fica ótimo, a plateia recebe, uma maquiagem muito bem-feita.

— Você não pode ser de verdade!
— Você me escuta?
— Lógico!
— Me encontre depois da aula, na beira do rio.

— Professora, atriz, mulher do trailer do filme, cheguei!

— Meu nome é Zabé. Estou te vendo daqui, bem onde a luz bate no rosto. Meus olhos ardem não dessa luz, mas do ter que olhar com precisão, acompanhando desgarrados. Eu sei de tudo de você, posso até chantagear, mas não vou, você já entendeu, só preciso que acredite nisso. Tem muita gente, difícil escolher quem vigiar e acompanhar, mas você pulou na frente da fila, andava olhando o fim da rua parecendo comigo quando a carrocinha me levou.

— Como assim, a carrocinha te levou?

— O carro do hospital, que recolhe na rua quem olha assim feito você, de baixo pra cima, escondendo na curva do cílio. Você sabe do que eu falo, com certeza.

— Sim. Mas nunca achei que isso fosse me causar perigo.

— Me observe, busque as linhas onde eu olho e tente fazer outras, isso te protege.

— Eu já tentei, não consigo! Vejo muita gente, uma pessoa se escondendo atrás da outra, mal consegui te achar, quanto mais seguir as linhas pra onde você olha. Estou atrás de uma muralha de gente, parecem com fome e com medo de um revólver apontando pra eles, bem na frente da comida. Talvez, se me enfiar no meio das fileiras, eu consiga costurar até o outro lado e esse trajeto possa fazer sentido.

— Você está perdendo o objetivo, isso te atrapalha na entrevista com o povo da carrocinha.

— Eu não perdi, ele se afastou, espera. Estou te vendo ainda, também as cordinhas, elas não terminam quando acaba minha capacidade de olhar. E sim, eu fiz as mesmas trilhas no chão. Eu piso na fôrma que eu fito, como você faz, do mesmo jeito! Uns fios mais finos ligam minhas pegadas aos alvos que você enxerga. Cada ponto de dedo inferior ligado a um ponto de retina. As linhas invisíveis dos olhos, os seus, de cima, guiam os pés, os meus, de baixo! Feito marionetes de sapatos, de passos,

passos sem indivíduos em cima deles. Por isso que eu te vejo também? Espera. Você é um tipo de consciência minha?

— Uma casa inteira pra desvendar, com estradas antigas se confundindo com as de agora, é esse o próximo passo da sua descoberta. Não se assuste, mergulhe, persiga a direção, entenda onde começam e terminam, separe as teias e assim vem a calma, no segundo seguinte à sua compreensão. Não se afobe, aceite, entenda que sempre foi assim, que isso não é novidade pra você.

— E o que eu preciso responder pra eles não me levarem?

— Pense num enredo, um roteiro, imagine um início, um meio e um final. Quando fizer sentido monte as frases, sem se aprofundar, apenas soletre, tranquila, e enganará todos que precisamos que sejam enganados pra que siga livre.

— Está bem. Você me ajuda se eu precisar?

— Sim, e você vai precisar.

# Quantas horas?

A cantadora já estava na praça, hoje mais cedo que o costume, e já tinha gente em volta, esperando. Quem consegue chegar no começo sempre recebe um presente, ouvir as rimas que ela não repetirá nenhuma outra vez. Tinha uma lenda de que ninguém conseguia se lembrar depois, mesmo quem tinha gostado muito, recordava uma coisa ou outra e já perdia, feito quando acorda e quer contar o sonho.

Chegar cedo, aproveitar uns minutos a mais perto dela. Ver se as palavras são contagiosas sempre foi uma vitamina pra gente, toda gente da cidade. Quando tem batalha, uns arriscam participar e saem maravilhados, depois de desmoralizados pela astúcia, e querem beber da água que ela bebeu. Alguns chegam com rima decorada, a respiração desmascarando, mas todo mundo termina a tarde rindo, até das besteiras que falou, que rimou por rimar, sem carecer significado, só rabiscos de palavreado ruim. A tentativa de impressionar é sempre descoberta, pode reparar, em qualquer assunto, se não for da natureza da criatura é só uma capa que cai no primeiro sopro de brisa.

Acabou agora, foi batalha e foi lindo. Vou chegar junto e ver que conversa segue depois. Já ouvi dizer que ela sai falando meio dopada, como se não estivesse aqui. E nem é bebida nem nada, deve ser alguma substância que o corpo fabrica depois de gerar muita frase e história.

Lá vem ela, percebeu minha chegada, vem falando baixo, vou tentar entender prestando atenção em cada sílaba, no mastigado, no ritmo e na fluidez. O movimento da boca e me lembro dos sons, vendo pra escutar, talvez conseguir decorar e inaugurar uma nova era. Ela recita, eu intercalo:

*Quantas horas terei*
*com os dias tortos*
*noites bem piores*
*alegres por terem cor*
*tristes por não serem vistas?*

*Sem perdão arriscas*
*sem solução é um tempo*
*desperdiçado e lento*
*solo frágil, esgarçado*
*subsistência predadora*
*corpo mais frágil ainda*

*Carruagem de ferro*
*em outra vida*
*por cima de carne*
*no meio da tarde*
*as ruas cheias*
*tramam as teias*
*de uma existência ali*

*Mantenho o andor de pé*
*por falar em carruagem*
*a paisagem que vive dentro*
*floresce o que se tem fora*
*palavra que nasce e decora*
*botija guardada no centro*

*Dor antepassada, vento
lacrado no peito, dentro
sagrada no meio
corpo que impõe e protege
no herege, alegria dupla
na via que os carros passeiam
não freiam o dia que urge
não surge do nada a intenção
só medo, freio, oração
do verbo que a pressa trazia
por dentro não se tem fé
nem se sente alegria*

— Tenho uma de amor romântico, alguém gosta desse tema? Silêncio.
— Gostar pode ser coisa torta, quem quiser me ouvir, que ouça.

*Ímã diz vem
a mão de gorjeta
chorar faz careta
e amor já dói*

*Porta da igreja
apronta o casamento
piora na hora certa
e finge que nem*

*Remendo o que posso
costuro na mão
trabalho bem-feito
bolso uniforme
segredo bordado
que nunca diria*

*Na cidade fria
sina de cimento
o besouro sem asa
mira o firmamento
e volta pra casa*

— Na saída, estacionei hora e meia os pés na praça. Por que a natureza insiste? Ou pra ela não é esforço? Pra mim fica um oco, falta entendimento, parece que eu sei porque decorei palavras e até meu rosto, meu corpo sabe atuar, não vou chamar de fingir. Ei! Então é isso que eu devo aprender pra não me levarem? Preciso de uma atuação, uma forma segura, que eu compreenda em cima dos registros que tenho? Sim! Pode ser uma grande ideia, deve ser, senão você não ia me contar, digo sugerir, não é?

— Sim, Mainá, essa é a sugestão. Você verdadeiramente não precisa fingir. Seja seu teatro, todo dia é o ensaio e também a estreia, cada situação, seu subtexto. O que for só de assistir, tudo bem, receba. Você já faz isso, entendeu, aprendeu, você já sabia, só precisava de um abre olhos.

— Vou contar pra ela!

— Que ela? A velha grávida, que falou com você de dentro do filme, recitou de madrugada no quintal, te deu aula e falou com alegorias? Sou eu, Mainá! Eu digo pra tu prestar atenção, mas tu não presta.

# Lá fora

Uma voz vindo do quintal, será que é ela de novo? Não estou acreditando muito, mas é isso mesmo. Devem ser umas três da madrugada e esse rebuliço de gente acordando. Parece uma missa, é meio cantado, um sermão que parece feito pra mim, todas as carapuças assentando, não é bom sinal. De novo essa situação, eu só queria dormir! Não é possível que eu mereça lição de moral de madrugada, eu não fiz nada, gente!

Lembrei de, no sonho, alguém com essa mesma voz, e agora percebo que era mesmo ela. Fez um desenho feio, que não me dizia nada, se era pra eu tirar algum sentido dali, tirei nenhum. Mas talvez eu é que estivesse vazia e não tenha entendido. Então ela me deu um conselho que me lembrou minha avó, não lembro direito qual, mas me lembro da sensação da escuta, falou mais um pouco, coisa com coisa, depois perdeu o fio, deve estar lá ainda, pode ser que tenha até virado pesadelo, tive que vir embora, terminar de acordar.

Isso tudo eu tinha certeza de que tinha sido ontem e que era sonho, só que agora ela está lá fora, aqui, na vida real, enquanto amanhece, e eu não tenho com quem dividir. O burburinho do começo acabou, devem estar todos dormindo de novo e vão perder a hora pros trabalhos. Fico aqui esperando algo acontecer, ela bater na porta, entrar voando pela janela, qualquer coisa cabe agora.

Como dormindo eu não entendi, acho que ela apareceu aqui pra garantir que, pelo menos, eu me lembraria e tentaria compreender depois.

— Eu perdoo sua ingenuidade, criança.

— Quer me matar de susto toda vez? Você não estava lá fora? Não era ontem? Não era dentro de um sonho?

— Alcançando uma quantidade boa de susto é que se aprende alguma coisa. Ensina-se tudo, adianta de nada, depois isso muda e torna ao estágio de falta de conhecimento completo, tudo limpo, zerado, e os lugares vão sendo preenchidos com outras coisas, ou as mesmas ideias ressignificadas, o espaço de consciência recriado. Sai a lua, cai a lua, sai a lua, cai a lua e seguirá assim.

— Desculpa, mas não vou entender nunca esses enigmas.

— O nunca só existe pra quem acredita que acaba, depois desse nunca aí acontece é coisa ainda. Já te disse isso, por exemplo, mas você não lembra. Normal, é desse jeito que funciona. Já existia tudo antes do começo e depois do fim.

— Eu posso pensar nisso depois? Só queria dormir um pouco, a feira já começou e minha mãe pediu pra eu ir no primeiro horário.

Acho que ela me ouviu, não a vejo mais no quarto, lá de fora um silêncio quente que emburaca pelos vazados das telhas e vai virando um cobertor pra mim. Tudo muito tranquilo, calma de feltro, minha cama feito ninho em árvore polpuda, sem risco de cair nem com ventania forte. Um sono pesado e macio vai me alisando, meu corpo vai desistindo de tanta argumentação, de tanto prestar atenção e vai descansando primeiro, até dormir sossegada.

# Mirlínia

O adeus foi resultado de toda culpa. Reclame. Me diga que é dia e adormeça o que houve. Esqueça o que a pedra deixou brotar na água. Não se incomode com a tristeza, ela está sempre próxima, é parte, fração, a gente que não vê. Sinta só o que for preciso, faça só o que for capaz.

Essa sou eu, Mainá, falando desse jeito depois do duelo de palavras, como Zabé, que fala de dentro de um filme, improvisa na praça, dá aula na escola, recita coisas incompreensíveis embaixo da árvore mais bonita, a que aparece de madrugada dentro de casa, sem eu nunca entender como fez isso.

A floresta aqui do quintal está coberta agora por um véu azul muito fino, um tipo de mosqueteiro, cortinado meio desfeito, quase não dá pra ver. Não se sabe até que ponto uma felicidade pode chegar, se ela vai, vai, vai e transmuta pro contrário quando chega um limite. Penso nisso muito, queria levar a vida com mais naturalidade, mas tem algum cálculo escondido, conta que a natureza faz sozinha. Meus fantasmas não são recentes e estão todos vivos ainda, esvoaçantes. Todos eles estão dançando, neste momento, sobre meus cílios postiços, lembram essa névoa em cima da árvore do quintal, são da família dela, cheia de manga-rosa, fazendo sombra no círculo que minha mãe fez em volta do tronco, com arruda, guiné, alevante e peregum. Colada nelas a horta das microfolhas, bredo, tomilho e orégano. Uma sombra cheirosa, que alimenta e banha, que perfuma as comidas.

Aquela nuvem ali é Mirlínia, que aparece nos dias difíceis pra avisar que ainda posso seguir. Ela me protege e os que estão perto de mim. Alguém designou esse serviço e ela cumpre, honra ao mérito. A persistência dela impressiona, o cuidado com as tralhas que leva, que só são preciosas a quem carrega e chama de bagagem. Ela é uma importância grande, o jeito de inflar as palavras quando escolhe a boca de alguém pra mandar recados. Minha insistência em viver me rói e Mirlínia me visita quase todos os dias.

A primeira vez que a vi era pra ser um passeio na beira do rio, com volta pro jantar. Não faz muito tempo, mas parece uma vida, devo ter largado em algum subsolo de mim, uma camada por último, daquelas que eu cuido, pra ficar esquecida lá dentro, não precisa essas coisas voltando tanto.

# Desdita

Acabou a aula e pegamos a balsa pra fábrica abandonada. Éramos uns vinte. O vigia, que também é guia e se chama José, nos recebeu no fim de tarde no meio dos arbustos grossos, uma falta de calor não comum, quase um frio. Tudo bom e bem e tranquilo, tudo leve até demais, as duplas e pequenos grupos conversavam, falatório alto, como de costume, eu sem conversar com vivalma, olhando o universo concentrada, desligada dos contatos humanos, algo também costumeiro, nada errado, cada coisa pequena e grande no devido lugar, só um pouco desconfortáveis, normalidade adolescente.

Na outra margem, um lameiro virado em risadeiro e melequeira em tempo quase nenhum, quem trouxe bebida escondida já espalhou pra equipe, quem não bebia se assustava com a audácia dos daqui a pouco embriagados. Como tinham coragem? Se alguém visse? Rodamos a mata inteira, eu com a câmera, foto de tudo, um livro emprestado do meu amigo, com um recorte dentro, do meu outro amigo, pra marcar a página. Levava junto o caderno de escrever. Todo caderno é de escrever. Era meu caderno de escritos de pensamentos, poesias ruins e também umas boas, lembretes que quando eu anotava se realizavam, daqui a um tempo essa tecnologia deve se espalhar e ficar ao alcance de todos. Um caderno de acumulados, colado no livro novo, numa bolsa velha, só usava coisas velhas, numa tarde enturmada, coisa rara, só fui por causa das plantas.

Começava a escurecer e o ideal era ir pra casa, ou pelo menos atravessar logo o rio de volta. Alguns deviam saber nadar, outros não, mas não importava, era uma travessia simples. Ninguém estava bêbado de verdade nem nada, era só uma sensação de que já era tarde, bem tarde pra impedir o que aconteceria, que não foi ninguém dali que escreveu, não estava de jeito nenhum no meu caderno, que sabe-se lá de quem foi a ideia, se é que existe realmente uma ideia, ou só estamos passeando ao acaso em cima desse chão. Talvez a gente não seja tão importante, os planos não sejam pra nós, a gente só atue enfeitando, atrapalhando, pra dar emoção à gincana, coadjuvantes da fase um do joguinho.

O sol finalizando tudo no tempo dele, muito rápido, céu extremo, aberto, agora quase quente, angústia nas cores misturadas, aquele rosê meio arco, meio balão, bonito que parecia de mentira, um berrante na parte de fora da mochila, o passe do transporte no bolso. A hora da volta, última viagem do dia do balseiro, que era o último também.

Na volta, pela pressa da derradeira viagem, o homem da balsa mandava a gente entrar rápido, mas naquelas idades ninguém precisava de ordem, todo mundo ali sabia de tudo, especialistas em qualquer assunto, cientistas de situações em geral, de balsa a equipe com certeza entendia melhor que qualquer um. A manada desgarrada, que de vinte pareciam quarenta, entrando tropeçada, como teimosos cumprindo ordens, pra provar, por instinto, que já sabiam o jeito certo, não precisavam de instruções, lotavam cada centímetro das tábuas de madeira velha mais rápido do que era possível. Todos pra um lado só, ninguém planejou, um boi levou o outro, eram garrotes novos, não tinha como fechar o cerco, regras severas só se fossem anteriores à saída e cumpridas à risca primeiro. Molhou o pé de alguém, o susto sacudiu violento os corpos pro outro lado, os risos escancarados escorregando, pés na cara, mãos segurando em qualquer lugar, o chão da balsa martelando nossas cabeças, insistente, depois de ladear o povo agora quase apavorado, ainda não, veloz demais, o chão tinha virado rio, o rio turvo, extração de barro pra fábrica de tijolos que ali se fincou antes, por isso mais fundo que o comum, apesar de estreito, muito perto a outra margem quando ela era vista, coisa pouca de travessia. Agora estamos muito longe.

A cerca de madeira que abraçava a gente do lado de cima do flutuante, o abraço agora era embaixo d'água. O tempo passava lento, as bolhas dos chutes, cada um se apoiando no do lado pra tentar subir, não minta, você também fez, a gente é bicho sempre, mas nessa hora é mais, que nem naquele Carnaval, era muito tiro, você se abaixou com a multidão e todos fizeram os da frente de escudo. Funciona assim. Preciso emergir. Superfície. Mas não preciso de pressa, está tudo calmo, não tem mais os chutes, nem ninguém se apoiando em mim, desisti de me apoiar neles também.

Preciso subir. Mas aqui está bom, quentinho, e também eu não sei onde é em cima, o rio é como o mais profundo de todos, não sabia que dava pra ficar tanto tempo sem respirar aqui embaixo, arrodeada de água, uma ilha afundada. Começo a ter pressa, estranho, eu em pé bati a cabeça naquele deque de madeira inchada, ele agora estava em cima, aquilo devia ser em cima, a balaustrada ainda estava em volta, estávamos encaixotados, um cercadinho de humanos submerso, fluxo barrento, um aguado denso, éramos uma espécie de lixo boiando naquela sopa gigante.

Pelas frestas das tábuas, uma luz, devia indicar um possível céu, do lado da caixa mergulhada, brilhava forte, mesmo com a terra vermelha diluída, devia ser o resto de sol, sim, aquilo era a parte de cima do mundo, numa iluminação já escura, começo de noite do lado de dentro do rio. A pressa agora era toda, não sobrava respiro nos pulmões, subi num foguete, rasguei a tampa da água, levei meu corpo pesado pra beira, me olhei pra saber se me conhecia, não entendi direito o que aconteceu, no meu corpo inteiro barro, no meu engasgo entupido barro, barro nas entranhas. A música que eu tinha escutado baixinha era o choro de umas colegas da sala, falando o nome de outra que não estava ali com elas, na minha mão o livro de Zé Luiz e meu caderno esquisito, eles foram e voltaram comigo, vão dizer que eu tive zelo mas não faço a menor ideia de como carreguei isso o tempo todo, naquele mergulho perigoso, e voltei sem dever nada. Não foi por intenção, eu não sabia e ainda não entendi como consegui apertar tudo isso na mão, enquanto tentava sobreviver.

As amigas choravam pela certeza de que uma outra, a única da equipe que não estava com elas, não teria furado o rio de volta. Todos falando ao mesmo tempo que estavam erradas, que, com certeza, ela voltou pra casa. Otimismo lancinante, ela morava ali perto, não queria ir pro passeio, foi embora escondida, pra não precisar dar explicação. Mas as amigas tinham certeza. E disseram que o rio tinha cuspido de volta, e viram passar, correnteza abaixo, restos dos pertences da companheira. Bolsa, boné, casaco. Não admiti a versão, assumi o papel de cuidadora, consoladora da equipe, logo eu, de onde tirei que daria conta? Nesse momento tínhamos todos a mesma qualidade de esperança, porque claro que a amiga não morreu e claro que elas deviam parar de chorar, quem sabia éramos eu e os outros. Tão especialistas quanto elas.

Falei esperem um pouco, vou na sede da fábrica velha, lá tem uma guarita e um orelhão, vou telefonar pra mãe dela. Se ela mora perto daqui e já foi pra casa antes da gente, já deu tempo suficiente dela ter chegado. Peço pra mãe chamar e fica tudo tranquilo. Se ela não tiver chegado, a gente volta a se preocupar. Mas com certeza chegou sim. Como é o nome da mãe dela?

Subi a ribanceira feito cobra, feito gente correndo de cobra, cobra correndo de gente, aclimatada no mato, bicho com medo de notícia ruim, a velocidade maior que as pernas, quanto mais rápido melhor a resposta, a maior responsabilidade de todas, o medo, a obrigação de trazer de volta a notícia boa, o corpo ardendo, mas sem cansaço, de barro mas não quebrado nem ferido, queimava tudo, o cabelo grudado, tudo fervendo, alguém parou o pôr do sol, ainda não era totalmente noite, estranho, passei mais de uma hora embaixo d'água.

Oi, dona Bete, Gercina está em casa?

# Pilha do relógio

Acordei ruim. Minha cara amassada, mesmo tendo levantado há tanto tempo. Todo mundo me humilhando que dormi muito em dia de semana. Esse espelho está mofado. Não lembro nada de ontem, nem queria pensar sobre hoje, muito menos sobre amanhã. Todo dia o tempo podia parar pra gente poder se organizar pra próxima data. Não cessa nunca, como é que vou separar as coisas, responder às pessoas, limpar tudo no raciocínio e ainda inventar de querer alguma coisa? Acho injusto.

— Mas e se você simplificar?

— Como, tirando a pilha do despertador de minha mãe?

— É uma ideia, mas você pode anotar cada função dessa em listas, dividir por setor, grau de urgência, anotar com canetas sortidas, truque não falta. Organizando dá tempo de fazer tudo e ainda sobra metade do dia.

— E eu vou fazer o que com a metade de um dia, Hermoso? Não quero metade de dia, quero um pouco de tempo parado, não é calmo, é desligado, não adianta eu paralisar sozinha, fingindo que não sei que ele está rodando em volta dele mesmo, do sol e mais sei lá de quê, que a gente nem sabe.

— Você é uma criança ainda, esqueceu? E, outra coisa que eu já ia deixando passar, que pessoas são essas que você tem que responder?

— A professora. Todo dia é um calhamaço de quesitos pra amanhã e ela nunca atrasa pra aula, quem não fez se lasca e ela tem mania de botar mais perguntas pra mim, eu sou cismada com ela, por que tanta coisa, a gente também precisa almoçar!

— Aí é caso de ir na diretoria reclamar.

— Não quero, eu quero responder, mas nunca consigo, nunca o tempo dá.

— Vou ter que abandonar momentaneamente essa novela. Também não tenho tempo, preciso levar o pão pra casa, que já está frio, isso sim é um pão fresco, faz uma hora que saí pra ir na padaria da esquina, vão achar que é sequestro.

— Ele nunca vai entender, nem ele nem o irmão. Ou então é de propósito pra ver se consigo acompanhar. Esqueci o que eu vim fazer aqui.

# Desvios

O tempo que eu perco correndo sem parar essas ruas, essa montanha infinita de esforço, suor comendo o couro, pra descer embolando num décimo de tempo, estragar tudo e parecer que não foi nada pra quem vê de fora. Dói, gente, é porque é em mim, aí você não sente. Todo dia é isso.

Pelo certo é desviar, sempre. Não, é outro ditado, esse não tem nada a ver. Estando certa, vingue. Na dúvida, pare, mas só um pouco. Ditado e conselho só dá certo longe da matéria, na medida do que acontece a toada é outra. Tem que modelar o mole, cinzelar o duro, ferver a ideia, fazer o mapa, trilhar o itinerário perfeito, que vai dar defeito, mas se resolve no final. De noite dormir como a pedra bruta, de dia bater o pé pra longe, levando na sacola de um tudo, comida pra manter endurecida, bebida pra sangrar direito.

Tem gente que troca pelo que parece mais, entulhar fortunas, calda de ouro, metal roubado, mercadoria mórbida. Há quem não se interesse, queira só mesmo o verniz imitado, o creme dourado pra passar na pele, pra segurar o tempo e segura, no máximo, o tempo da pele. Com esse ponteiro aí eu não me incomodo não, por mim pele vira pelanca.

— Não se incomoda porque é jovem.
— Que susto, Mirlínia!
— Se assusta fácil assim? Nem invadi seu quarto de madrugada nem nada. Você está mudada, Mainá.

— Eu só estava pensando alto, você que resolveu escutar o que não foi feito pra isso.

— Que história é essa de montanha de ouro?

— Eita, resumiu mesmo.

— Melhor assim, estava um drama essa conversa você e você.

— São sempre dramáticas. Só estou tentando descobrir a charada das próximas vinte e quatro horas e, sorte eu tiver, vai ser bem simples, malemolência de brigadeiro, tudo tranquilo pro meu fôlego farto, escaladora de montanhas geladas. Tudo certo, amanhã você traz alguma novidade pra minha gincana.

— Toma um banho gelado, menina, colhe lavanda ou colônia. Espreme limão com gengibre e mel da própria abelha. As folhas, você macera e macera. Deixa a água escura, não precisa peneirar, bebe um gole antes de se banhar. Dorme um pouco e levanta pro tempo de hoje, anuncia seu dia de agora, são só umas pedrinhas onde você vê os alpes, é apenas um dia nublado, um desânimo, tudo é só impressão.

# Banho de mar

Num mergulho que deu, Mainá voltou com lembranças de lugares que nunca tinha visitado, olhou direto no sol pra acordar das imagens e apertou forte a vista, do efeito do dourado inteiro na cara, entrando pelas pupilas, ardendo e, de repente, tudo escuro, rápido de raio, até ir clareando de novo aos poucos, meio desfocado, espasmos de luminosidade abrandando. Prateou tudo na parte de cima das ondas, espelhos enormes, as pontas partindo quando a água quebrava e os estilhaços pequenos espalhados refletindo o verde desmedido, bordado inteiro de lantejoulas.

Avistou ali perto, mergulhada até a metade do corpo, uma criatura inaugural, nunca tinha visto daquela, isso é vida real? Deu um pouco de medo, não foi bem medo, foi só uma coisa estranha, no sentido de nunca ter existido, não de ser ruim.

Vou ver se ela me dá cabimento.
— Prefere poesia ou pudim?
— Não mirei objetivo, untei as juntas. Roí as unhas. Sujei o chão. Tudo pronto. Musgo nos pés. Sinto muito frio por usar, de propósito, a roupa fina que achei bonita pra esse dia. Olhando por cima da água, vejo casas com janelas grandes e telhados de cerâmica vermelha. Agora estou dentro de um quarto pequeno, não toco no chão, flutuo, não me mexo, não faço uma expedição pelos cômodos, me sinto em casa, olho do vão aberto,

debruçada, quase perigo, e de lá, telhado, telhado, textura, textura, avança e muro, avança e prédio.

Estou no primeiro teto, ou se tiver um antes, estou nele, no menos zero, em letra ocidental seria antes do A. Vida antes de nascer.

— Entendi, poesia. Mas não faz sentido.
— É sentido que você procura?
— O que é que você procura?
— Eu perguntei primeiro.
— Você achou uma saída, mas ninguém te viu entrar.
— E ninguém me ver entrar significa o quê? Não faz sentido, de novo? Eu preciso ser vista entrando pra estar? Eu existo, eu chego, ponto. No lado, no ao redor, onde não sou observada, só miro de cima o que quero e necessito. O que vivi antes me vira referência, me alimenta uma mesa cheia, me argumenta pras cenas seguintes.

— Então você é da mesma equipe de Mirlínia e da professora e se comunica assim, com adivinhações, o tempo todo? Onde você mora? Por que aparece falando assim também? Eu não conheço sua forma, não sei se sua ideia é me deixar nervosa, mas me aperreia um pouco. Não decifro, cheguei muito perto, mas ficou faltando. São charadas tortas suas falas, mas ao mesmo tempo você parece não se importar muito com minhas compreensões. E dá agonia, parece que te conheço de antes.

— O aperreio é pela identificação. Confiança demais numa desconhecida, a mente diz que o tempo das coisas não é esse, não pode ser. Precisa saber onde pisa, que nuvem que te cobre, se cobre, qual a localização dos seus pés em relação ao começo de tudo, quem veio antes e quem vem depois. Proponho um jogo que o pensamento tente pausar, deixar só as sensações alertas, o que você tiver de sentidos. Você nunca deu muito nomes às coisas e não precisa mudar isso, sigamos sem nomenclaturas.

— Mas de novo mais jogo? Se eu soubesse, tinha dito que preferia boneca, assim já está demais. Os sentidos. O zumbido no ouvido, é o som do mundo existindo, toca alguma música do lado do meu pensamento, mas não atrapalha, é independente, paralela, só existe junto. Com essa música, entendi sempre duas histórias de cada, dois roteiros por vez, o que me narram, o que eu compreendo com as armas que tenho, o som das vozes que eu consigo captar e a melodia dentro da orelha. Como você sabe o que acontece comigo do lado de dentro, se eu não conto pra ninguém?

— Isso não é uma questão, eu sei e isso encerra, não cria uma situação. Não é assim desde sempre?

— Sim. Não tenho respostas boas. Sempre foi difícil repetir, repetição gera enredo, as ondas transformam, mas eu adéquo sempre, não dá pra perceber de fora, não do tamanho que é. Nem eu, tantas vezes me enganei direitinho. Mas agora tenho respostas.

— Você encontrou rápido!

— Encontrei rápido o quê?

— Respostas. Você começou falando que não tinha resposta e terminou dizendo que agora tem.

— É, parece que eu já tinha, mas não era uma satisfatória pra você, que explicasse fazendo diferença pro seu entendimento que já existe, não tenho observações pra acrescentar no que é sabido faz tempo. A versão mais sincera ajuda a decifrar quebra-cabeças comuns, nem por isso confortáveis. Penso em possíveis futuros, pra quando o tempo finalmente não existir mais e tudo for só banho de mar, rio e chuva. Quando o vento batendo na cara for suficiente e nada mais desse lugar importar. As partes dos dias, os tamanhos deles, os planos, como sílabas soltas, formando ideias aleatórias, existir por enquanto ser o único objetivo. Tão preciso que nem pareça objetivo, nada que se almeje, objetos, pessoas, bichos, do jeito mais simples, sem habilidades especiais, ser, agora, e isso bastar. Não sei por que abri tanta coisa pra você, não é comum eu falar muito de mim, nada se for com alguém que não conheço direito, eu nunca te vi antes e você ligou meu falador.

— Vamos mergulhar mais no fundo?
— Sim.

# Depois da morte

Zabé:

Durante o tempo em que viveu, por medo de perder um tipo de chapéu que a protegia sempre, como um disco voador em cima da sua cabeça, em todos os sonhos e pesadelos, Mainá se freava, congelava os progressos pessoais. Não falava sobre o que tinha em cima da sua cabeça pra ninguém, não sabia que no dia em que deixasse correr fluiria tranquila, mesmo sendo um pouco triste e silenciosa por baixo da tagarelice.
    Mirlínia, que a visita todos os dias, é minha amiga antiga. Observadora minuciosa dos pequenos detalhes, faz ligações entre lembranças, ajuda a colar os cacos, cuida dos significados e ameniza as dores com sopros de inspiração e músicas que só ela canta. É pessoa de muitos tempos, guarda consigo coisas demais dos que ela observa, tem leveza e sabe de quase tudo, por isso suporta o fardo.
    Cada um que cuide das suas costuras, da cola usada enquanto trilha pelos ventos e ergue as velas, que as correntezas levem muito longe se preciso, carregue pra todas as distâncias dentro e fora esticando as fronteiras do que conhece, como necessidade de existir. Os deslocamentos, filtrados pela opinião da ventania, nada desavisados, cada um pro seu lugar escolhido, numa ramificação infinita de possibilidades individuais e coletivas, compartilhando elementos ou não. As direções

garantidas desde sempre, mas com a gente, peões do jogo, envolvido nas decisões e dúvidas antes de nascer. Sentido sempre teve, só fica faltando descobrir qual e aí se vive, pra isso.

Mainá:

Não sei o caminho de volta! Saí do rumo, perdi a rota, não tenho plano. Nada se resolve fácil e rápido, foi isso que pensei todo o tempo. Você não me explicou essa parte! Por que você não me contou?

Zabé:

Eu não remendo o pensamento de ninguém. A vida faz isso, mas também quebra e desfaz. A morte, conhecida dela desde o nascimento, não tolera pensamentos intransigentes. Ela não se importa, estremece a carcaça, desobedece à ordem das cenas e não se incomoda com o equilíbrio distante. Nunca está no argumento, é o fator surpresa, por excelência suprema e força maior.

Deste um salto nas descobertas, mais um ponto, percurso quase completo! Na chegada da estrada certa, um quebra-molas, dois, três, nenhum com tinta fosforescente, nem tinta alguma, cada um, um voo assustado no escuro. Um esforço de equilíbrio e mais um grau de disciplina. Avance duas casas. Use esse tempo na densidade das nostalgias pequenas, é nas reminiscências que está guardado quase todo diamante bruto, enterrado, onde deve continuar, o extrato das significações, ele se protege na redoma da desimportância das coisas mínimas, passa batido pela avidez do meio.

— Mas logo quando eu estava me acostumando?
— É assim mesmo, filha.

# O navio

Ágil, simples e tranquila a água ainda corre e molha minha alma mansa, no seu curso original, unidade. Nela, o encontro com o primeiro antigamente, conexão absoluta, a emenda entre a capa e a essência bruta. De dia e de noite me olha. Me sinto precisa, me molho, de noite, na chuva, que espessa me encolhe à menor fração, com a naturalidade que só os outros podem ver e a facilidade que só vejo nos outros e que não existe nem pra mim nem pra ninguém, ali, nem por perto dali.

Boio pesada, mar de muito sal, a cabeça força pra baixo, desafia a gravidade molhada, orelhas submersas no silêncio primeiro, colado com o último, nenhum ruído, tudo respira, líquido infinito. Será que isso que é o tempo parado? Lembrei do sonho, do ouvido metade n'água, o tempo que esborrou sem quebras, tudo uno, todo encaixe, dobradura.

Observo meu corpo que é um na superfície e outro embaixo, mas são um só, mesmo eu vendo dois, precisamente no mesmo momento, meu todo é do tamanho de uma pessoa. Puxo o ar e sopro um chafariz pra cima, força bruta, baleia.
    O navio vai vindo na chuva e ganhando a calma do mar. Vou nadando, na curva, pra embarcação. Vou de noite, de olhos fechados e sentindo frio. Agora a água vai entrando pelos olhos abertos, que fecham, ardem e resolvem não mais olhar, nem nadar, nem nada.

# Derradeira

Eu sou uma criança velha, um gosto pela lama que me guia, que aparece e se cria. Monto uma casa de tijolos moles com o gosto frio da noite. Uma menina que já passou, às vezes insiste que está ali, mas já foi. Minhas memórias foram encontradas num bilhete, dentro de um livro de páginas amareladas e quebradiças, perto de trilhos velhos de ferro. Sobrevivo aqui como foi desde que me apresentei, sem certezas ou talvez fingindo não ter justamente a convicção essencial, a de estar viva, essa situação misteriosa, gastando os dias nesse lugar estranho, que não sabemos em qual lado de que planeta fica, e isso não é exatamente relevante. Parâmetros são alguns. Eu existo e você existe, junto com todas as outras coisas sem importância. Isso é o principal.

Aparentemente foi acidente. Essa inerrância sem trégua, essa crença na falta de dúvida, esse traçado insuspeito. Não sei o que aconteceu, parecia que eu queria, mas ninguém quer isso, alguém quer? Não sei se posso contar essa história, se os personagens se reconheceriam, se me perdoariam, nem eu sei se me perdoei. Mirlínia nunca disse que seria fácil, por outro lado, ela nunca definiu difícil, nunca uma régua passou ali por perto.

Esse carro é como aquela janela do sétimo andar. Nem sei se foi do sétimo, mas queria que fosse feito nos enredos dos sambas e achei sete bonito, mais alto, mais extremo e interessante que um monótono e nada dramático primeiro andar.

Ando umas centenas de passos atravessando essa rua e sinto como se a calçada do outro lado fosse já a próxima dimensão pra onde vou, tenho certeza de que quero ir e acho que consigo chegar.

Quando a notícia sair, muitos não vão crer, terei que aparecer em formato de assombração, pra tentar explicar. Mas não tem um decifre, um desembrulho, a extensão da estrada é pra entender os precipícios e os lagos calmos, a tradução não existe nem torna nada melhor, nenhuma escolha mais segura. A balança da dificuldade não faz sentido, não é precisa, é tudo mentira, ladainha pra que o tempo passe sem ser notado, como tique-taques de ponteiros. Os ponteiros são uma ilusão sobre o tempo, o ciclo que é árvore, que independente da corda dada, do atraso, nunca chega primeiro ou depois, é sempre, simples, estando.

Os relógios são pra encaminhamento dos que se acostumaram. Os que zelam pela atuação no perpétuo, ampulheta sem areia, de modo que engessam em cumbuca perfeita e não por um caber predestinado, feitos um pro outro, uma metade e a sua, só inspiração e acaso, gameleira sagrada, o agora é só isso, nem mais nem menos, apenas pontual, feito sob medida.

Aquela janela era como esse carro, mas eu não sabia disso e demoraria a descobrir. Não sei se muito, se se mede isso com alguma quantidade. Por quilo não é, quilômetro não, nem litro, nem em altura ou largura dá pra entender o tamanho, não é a polegada marcada que vai cravar o certo. Como calcular, então? Desmedido.

A dor é de cada um, também a flor, e a assimetria das velocidades é coisa de se admirar. Tudo encaixado e perfeito, personagens de encomendas exatas, emendas de equilíbrio extremo, nada estragado, empoeirado, por executar, tudo varrido, passado, defumado. O andar é seguro, reto quando além do alcance da visão, curvilíneo quando a ansiedade da descoberta do que vem logo ali. Por isso prefiro transportes terrestres, o tempo parece que vem mais na gente, o vento na cara na época em que ônibus tinha janela.

Mas o tempo, como eu falava já de bem antes, faz mais sentido a passagem dele no chão, na quilometragem rasa e poeirenta, ele detalhadamente passando por você e você pelo asfalto, barro, acostamento, logo ali embaixo dos seus pés, perto, proximidade inteira, real, não é lá em cima junto de nuvem e até de luas, aquele trambolho que você não entende como funciona, que parece que é mágica.

Você corre bonito no veículo apressado, mas a paisagem lá no fundo o ignora, passa devagar, desenrolar lento, não quer saber, muito demorada e leve, dando todo tempo do mundo pras minúcias das paisagens, até as frutas vão carimbar pro eterno, se for tempo de inverno sendo escuridão, em fases de sol brabo verás lanternas vermelhas acesas na planta dura e verde-escura, espinheira possante proprietária, por dentro é visgo macio, essa qualidade só sabida de perto, o eterno é aquele mandacaru, ali e agora.

A derrapagem pode apitar, a buzina gritar pro caminhão da frente ser mais generoso e você voar, pneu cantando, asas poderosas, nada disso faz a montanha lá do fundo te acompanhar. Você interage e vibra, mas não faz a menor diferença na paisagem.

— Quero ir pra aquele cenário do fundo, moço.
— Oi?
— Pra aquela paisagem ali, que está lenta, calma, sacou? Quero ir devagar e devagar continuar.
— Moça, não existe passagem pra lá.
— Nunca diga não existe. Vou achar outro guichê, vou conseguir comprar e volto aqui pra te mostrar, ou então, se eu estiver com pressa, peço pra alguém te avisar.

Quero descontinuar isso tudo, desviar. Não frear, mas desacelerar. Talvez isso exija um freio sim, mas não de mim. Bem devagar, como aquele monte de terra e aquelas árvores lá detrás, que devem ter saguins que também pulam devagar mesmo de perto. É assim que quero estar, talvez já esteja. Estou confusa. Sou confusa. Não acelero, só respiro. Onde me encontro agora? Parece que voei pra aquela janela do passado, mas como, se eu nem sabia dela? Ela só existiu depois, muitos anos passados da existência do veículo, da rapidez e toda aquela invenção humana.

O tempo não tem mesmo lógica, esse cuco não me diz respeito, o alarme só me enerva e não me acorda. E nem quero continuar dormindo, era só ficar nesse ritmo lento, que é tão pleno, que tem um rio limpo no limbo, de um jeito que eu nunca tinha conhecido. Um rio rochedo, Tapajós, Nilo. A natureza ameaçada, mas muito maior, segue seu curso.

Ela é da corrente da água, eu sempre soube. Contínua, estado de paz em meio aquoso, mergulhado o punho pulsa, a pressão pega areia no fundo e conchas, a pressa da borracha apertando o braço enquanto a agulha fura e, feito bicho no bote dele, o sangue do corpo principia correr ao contrário. Que efeito é esse? Como denominar? Como apagar isso? A luz do farol ofusca a mirada, mas não minha perspectiva. Eu deveria só atravessar a rua, mas a vontade é de mudar o plano, a máquina improvisar junto, ir pra outra cena no pinote, sem aviso. Vou pra uma paragem longe dessa, uma distância que não há avião que leve nem foguete pesado, tão longe que não dá pra ver nunca mais, é maior que anos-luz, muito além do que aquele cometa que a ciência vê e a gente fica com cara de besta, com medo, mesmo sabendo que ele nunca vai bater.

É uma altura imensa e o carro está muito mais próximo. E não fez a curva. Está molhado aqui. É sangue no chão. Sangue? Não é tinta?

Vejo um rolo de filme sobrevoando, em cima da minha cabeça, no lugar que normalmente fica o chapéu. O negativo está num tom de revelado, como se estivesse tudo ali, mas espero que seja um resumo, não é possível que caiba em tão pouco. Será que tanto assim dá pra encolher? Se fizer as contas direito, pode ser que em fatos concretos não, mas o que importa é a fumaça, a impressão e o lampejo.

É sangue mesmo, de rocha? Não estava no plano, era só pra ser feito uma canção com métrica caótica, um modo de dizer. Era pra ser de outro jeito, a gente não tem domínio sobre nada, quanto engano! Quando foi que fui achar que tudo estava na minha mão? Nem cabe! Desde quando o modo eleito significa que será cumprido? Não é você que constrói ou escolhe, você só indica uma coisa aqui e outra ali, que não necessariamente se aplicam. Sim, você participa, mas quando tira o caldo, vai chegar sua vez, preste atenção se fizeram de fato uma diferença valorosa suas intenções.

Já pensei diferente, mas pra hoje é o que temos. Não sei, com todo esse tempo, o meu inteiro por aqui, se a gente muda mesmo, vai trocando de cascas porque sim, ou o carrossel em volta que é o transmutador. Às vezes dá sorte e vai macio, mas a regra é o contrário. Se for na base da minha sinceridade, o regulamento é tanto faz o que você quer, você não decide nada, é um suvenir, um daqueles bem bonitinhos e coloridos, que parecem de boa qualidade. Pronto, é feito isso, não tem sentido, é só coisa acontecendo, coisa acontecendo, os troços quebrando, a gente colando, gente nascendo, gente morrendo, não espere um sentido. A única coisa que tem sentido é o curso do rio. Veja bem, nem isso mais.

Objetivo alcançado, mesmo sangrento, do jeito errado. Eu tive tempo de falar com a equipe inteira ao vivo, mas escolhi outra maneira, joguei tudo pelos ares, as correntes sanguíneas e marítimas ajudaram a espalhar a palavra, a explicação miúda, mas suficiente.

Um desejo ainda é pelas compreensões dos bilhetes invisíveis que mandei. Pra cada um, um jeito de falar, falácias e traquejos, cada qual um pedaço de construção em conjunto. Agora somos uma multidão, levitamos em cima das nuvens, junto com Mirlínia, e ela ri da nossa cara. Pra que tanto espanto eu não sei, mas até que entende, entende muito bem. Ali cabe qualquer interpretação e isso é assunto de aula, tipo escolar e tipo rua.

Se enganou, não entendeu, mentiu e agora acabou. Mas parece tanto com começo, vou encarar dessa forma, feito a carta do caixão ou da torre. Me sinto leve. Primeiro ato. Vamos, tudo de novo, de outro jeito, em outro lugar que ainda vou descobrir qual. E fui. No princípio foi difícil, principalmente porque eu via tudo, cachoeiras se derramando na cara das pessoas. Isso me confundiu.

Respiração total, asas mais largas, penas longas, tetrizes aerodinâmicas, deslizo, quando quiser é só voltar nos sonhos e tentar avisar, recados por entre fórmulas, e torcer, mesmo sendo um pouco impossível de captar, quando acorda quase sempre se esquece.

Mas esquecer é por enquanto, não é pra sempre.
Vou voar.

# Agradecimentos

Obrigada, Martim Simões, obrigada! Obrigada, Andrea del Fuego, musa, mestra, "por que você não transforma num livro?", e Ana Crélia Dias, Dani Arrais, Mônica Fernandes, Yara Maya, Renata Piza, Márcia Huber, Rita Vânia, Ednilson Toledo, Aline Saraiva, meu Diante da Escrita Infinita do coração, por cada ouvido, opinião e empurrão, sem vocês não tinha este livro! Obrigada demais, André Conti, pelo convite maravilhoso, pela paciência e cuidado. Obrigada, Jana, Aline e Luisa, por cada detalhe e escuta. Obrigada Pascoal Soto, pela leitura carinhosa. Obrigada, minha mãe, "não é, Indi?". Obrigada, pai, tio Toto, Rimã, Pirro, tia Susi! Obrigada, vô, vó e tia Hilde, por tudo de antes, de agora e depois. Obrigada, Marcelo, meu amor. Obrigada, os Môzen. Obrigada, Den! Obrigada, meu pai Edigar Carvalho, Exu Biyi, meu pai Oxumarê, Capa de Aço e todo Ilê Axé Opô Baragbô!

© Karina Buhr, 2022

Todos os direitos desta edição reservados à Todavia.

Grafia atualizada segundo o Acordo Ortográfico da Língua Portuguesa de 1990, que entrou em vigor no Brasil em 2009.

ilustração de capa
Karina Buhr
preparação
Silvia Massimini Felix
revisão
Jane Pessoa
Livia Azevedo Lima

---

Dados Internacionais de Catalogação na Publicação (CIP)

---

Buhr, Karina (1974-)
 Mainá / Karina Buhr. — 1. ed. — São Paulo : Todavia, 2022.

 ISBN 978-65-5692-312-3

 1. Literatura brasileira. 2. Romance. 3. Ficção contemporânea. 4. Infância. I. Título.

CDD B869.3

---

Índice para catálogo sistemático:
1. Literatura brasileira : Romance B869.3

Bruna Heller — Bibliotecária — CRB 10/2348

**todavia**
Rua Luís Anhaia, 44
05433.020 São Paulo SP
T. 55 11. 3094 0500
www.todavialivros.com.br

fonte
Register*
papel
Munken print cream
80 g/m²
impressão
Geográfica